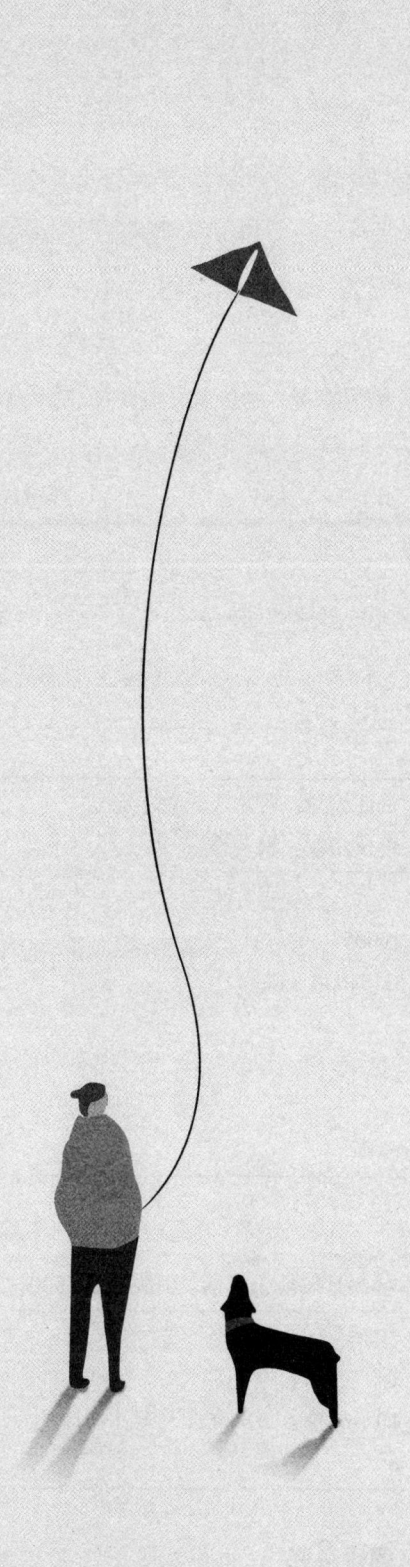

天灾人祸 世事无常 唯愿和平无忧 幸福安康

一起向未来

严春芳 著

光明日报出版社

图书在版编目（CIP）数据

一起向未来 / 严春芳著．－－北京：光明日报出版社，2024.4
ISBN 978－7－5194－7955－8

Ⅰ.①—⋯ Ⅱ.①严⋯ Ⅲ.①诗集—中国—当代 Ⅳ.①I227

中国国家版本馆 CIP 数据核字（2024）第 098759 号

一起向未来
YIQI XIANG WEILAI

著　　者：严春芳

责任编辑：李月娥　　　　　　　　责任校对：鲍鹏飞　董小花
封面设计：中联华文　　　　　　　责任印制：曹　净

出版发行：光明日报出版社
地　　址：北京市西城区永安路 106 号，100050
电　　话：010-63169890（咨询），010-63131930（邮购）
传　　真：010-63131930
网　　址：http://book.gmw.cn
E－mail：gmrbcbs@gmw.cn
法律顾问：北京市兰台律师事务所龚柳方律师

印　　刷：三河市华东印刷有限公司
装　　订：三河市华东印刷有限公司
本书如有破损、缺页、装订错误，请与本社联系调换，电话：010-63131930

开　　本：170mm×240mm
字　　数：270 千字　　　　　　　印　　张：19.5
版　　次：2024 年 4 月第 1 版　　　印　　次：2024 年 4 月第 1 次印刷
书　　号：ISBN 978－7－5194－7955－8
定　　价：89.00 元

版权所有　　翻印必究

诗歌新媒体传播的新路径

——在武汉理工大学讲堂上的讲座发言

(代自序)

根据被广泛认同的起源说，上古歌谣、诗经、言志言情的汉魏六朝乐府以及唐诗宋词，本是集诗、歌、乐、舞于一体，因传播范围广而流传下来。可随着近现代各种文学艺术形式的兴起与发展，诗与歌、乐、舞各成体系，甚至彼此间脱节断裂，使诗歌传播受到一定程度的影响。

近年，伴随着互联网技术发展而产生的新媒体给几乎消沉的诗歌插上了腾飞的翅膀。诗与歌、乐、舞重新深度融合，并借助新媒体功能与新的艺术形式，重新走向读者听众，使诗歌重回文苑主流，重放异彩，得以广泛传播。

一、诗歌传播的传统形式

(一) 口口相传

在上古时期，诗歌随着劳动节拍而生，记述的是劳动生活过程。正如鲁迅先生所说的"杭育杭育"，即为最原始的劳动诗歌语言。《吴越春秋·勾践阴谋外传》中记载的"断竹、续竹、飞土、逐宍"，这种上古歌谣给我们描绘了一幅生动的古代狩猎图。在文字未被发明前，诗歌口口相传，《诗经》中大多数诗都是从民间的口口相传中采风得来。

（二）传统记录与印刷品记载

从结绳记事到甲骨文再到象形图案符号，又到有系统规律的笔画的发展过程，博大精深的汉字发明与发展以及活字印刷技术的诞生，不仅有力地促进了社会经济发展，而且极大地方便了以诗歌为主的文学艺术作品的创作、记录与传播。

正是殷商时期的龟甲和兽骨、先秦时期的竹简布帛、汉魏时期的造纸技术、唐宋成熟的文房四宝，才使得包括诗歌在内的中华文化得以传承。

在汉唐宋时期，文人唱和、文人题诗题词成为时尚。题壁（诗板）、扇、画、书法等都成为题诗的载体，流传至今的诗壁诗碑、诗书诗画都成为可贵的珍品。如黄鹤楼上崔颢的题诗：

> 昔人已乘黄鹤去，此地空余黄鹤楼。
> 黄鹤一去不复返，白云千载空悠悠。
> 晴川历历汉阳树，芳草萋萋鹦鹉洲。
> 日暮乡关何处是，烟波江上使人愁。

令诗仙李白感慨："眼前有景道不得，崔颢题诗在上头。"

又如陆游沈园题壁词《钗头凤》：

> 红酥手，黄縢酒。满城春色宫墙柳。东风恶。欢情薄。一怀愁绪，几年离索。错、错、错。
>
> 春如旧，人空瘦。泪痕红浥鲛绡透。桃花落，闲池阁。山盟虽在，锦书难托。莫、莫、莫。

表达了作者的悔恨以及对唐婉的思念。

（三）通过配乐歌舞传播

在汉魏唐宋时期，诗与歌、乐、舞融为一体。如汉乐府、唐宋格律诗词，大都以乐配之，以歌唱之，以舞蹈之。宫廷、青楼是诗词吟诵传唱最广的场所。大家熟知的白居易的《琵琶行》，杜牧的《赠别》，都是他们出入秦楼楚馆，为青楼女子写下的感人诗篇，并通过青楼女子吟唱得以流传下来。

（四）通过出版流传

从古代活字印刷到今天的激光照排技术，随着印刷业的兴起与发展，诗歌大量出版成集，给人们提供阅读与研究的宝库。例如，《全唐诗》凡九百卷，收录整个唐五代诗四万八千九百多首，作者二千二百余人。《全宋词》收录一千三百三十余名作者的两万多首词作，还有最近出版的由周良沛先生编辑的六卷本《中国百年新诗选》，选录六百余位诗人，收录诗一千三百余首，还有其他大量出版的诗选集、个人诗集、译诗等，极大地丰富了中国文学宝库，为诗歌传播留下了许多财富。

（五）现代广播电视电影的兴起，为诗歌传播注入了新的活力

通过广播电视播出的《朗读者》《中国诗词大会》《经典咏流传》等优秀节目赢得了观众的喜爱。

二、诗歌新媒体传播的特点

如今，互联网技术催生了新媒体的诞生与蓬勃发展。新媒体技术日益冲击着传统媒体的模式，促使传统媒体转型，进而融入互联网，由此，我们便步入了融媒体时代。

融媒体时代已经深刻地影响了社会与生活，极大地推动了诗歌的创作与广泛传播，特别是自媒体平台使诗歌走向了大众化。

（一）诗歌传播渠道的多元化

在新媒体时代，传统媒体如广播电视、纸质报纸杂志虽保持了一定的官方传统优势，但微信朋友圈、微信公众号、微博、视频号、抖音、快手、快闪等新兴个人平台，都成为诗歌创作与传播的新载体、新渠道。

（二）诗歌传播的即时化

以前我们在报纸杂志上发表诗歌，从投稿到编审发表需要较长时间。现在创作一首诗在自媒体上便可以即时发布，读者可以即时阅览，就像新闻一样具有时效性。例如，在中国诗歌网注册后，用户就可以随时上传发

表诗歌。

(三) 诗歌传播的大众化

自媒体时代，不仅人人都有写诗、发表的权利，而且每个诗歌爱好者都可以在其微信朋友圈、微博、抖音、视频号等各种平台转发、点赞、评论其他作者的诗。大众成为诗歌传播的主推手。

(四) 诗歌传播的艺术性

把诗与歌、乐、舞、朗诵、表演等艺术有机地融合在一起的自媒体，和电视节目、舞台上配乐配舞的诗歌朗诵表演，尤其是将各种艺术融合制作出的诗词演诵短视频的优秀作品更受观众喜爱。优美的有声演诵，在优雅的音乐旋律中，在意境的渲染中呈现出极强的艺术感染力！

(五) 诗歌传播的长久性

电子形式比纸质本更便于携带、查找、阅览、备份、保存。互联网是有记忆的，如百度搜索引擎可以查找阅读大量古今中外的诗歌，海量诗歌可以在互联网上长期储存流传。

三、我在诗歌传播方面的有益尝试

以前，我也常给报纸杂志投稿，并在《人民日报》《湖北日报》《长江日报》《楚天都市报》《齐鲁晚报》等纸刊上发表，但读者不是很多。何况纸媒已不再是传播诗歌的主体。

在碎片化阅读的时代，诗歌与散文通过新媒体技术以短小精练的艺术形式呈现出来，更适合受众人群的阅读品位。

近几年，我充分运用和发挥新媒体尤其是自媒体平台的作用，营销传播自己的诗作，提高自己的知名度与作品影响力。

起初，我在新浪网上开设了博客，常在博客里发表诗文，受到很多博友好评，博客里的很多文章被百度收录。

随后，我入驻了美篇，在美篇上传了不少诗文，并配以图片。此时期阅读量较大。

2020年，我入驻了《齐鲁晚报·齐鲁壹点》个人号，在《齐鲁晚报·齐鲁壹点》上发表了大量歌颂山东援鄂医护人员的诗文，粉丝数大量增加。至今，我已发表诗文376篇，阅读量775万，固定粉丝近9000人，被编辑认证为优秀的诗文有200多篇，被推送到百度、今日头条、新浪等网站，吸引了大量读者，增加了更多阅读量。在百度上搜索我的名字，可以阅读到我的数百篇诗文。

我的诗文经过国内外一些著名朗诵艺术家朗诵，并合成音乐视频向平台推送，通过有声艺术进行传播，收到了很好的效果。自从我的两本新书《为荷而来》《太阳与大海》出版后，山东、湖北两地在一年时间里先后举办了十七场严春芳诗文专场朗诵会，采用专人诗朗诵再由我分享创作体会以及专家点评等流程进行。特别是有几场在武汉电视台现场直播，观众数量最高达到十万人。湖北省朗诵艺术家协会会长谢东升、常务副会长杨健、副会长兼秘书长樊昕，还有著名演员李贻清老师等登台朗诵我的诗文，朗诵时，我的诗文仿佛长上了飞翔的翅膀，向更多更远的地方传播。

我的"诗文高校行"已走进了八所省内外高校。湖北省朗诵艺术家协会与武昌理工学院曾合办我的诗文比赛，其间，播音主持与表演专业的学生踊跃参与，举办方用评奖的方式对学生的朗诵进行鼓励，使学生既感受到诗文之美，又能收获到省级专业朗诵协会的评奖，激发了学生们对诗文的兴趣。

总之，武汉传媒学院、武昌理工学院、武汉体育学院、山东工商学院、武汉理工大学学生们的朗诵，都是一场场有声诗诵盛宴，给观众以美的享受。舞台演朗+音乐视频+线下线上结合，使我的诗在传播方面得到了较好的宣传。

四、人工智能对未来诗歌创作与传播的影响

我们已进入人工智能时代。尤其是 ChatGPT（全名为 Chat Generative

Pre-trained Transformer，译为"聊天生成预训练转换器"）的出现将对诗歌创作产生全新的影响。

ChatGPT拥有海量的数据库与极强的处理能力，让人人都有成为诗作者的可能。任何人运用这个软件，输入想要的诗歌的要求，都可以得到一首诗。也许几个人输入相同的有关春天的诗的要求，所得内容可能相近，但文字细节是有差别的，因为ChatGPT的数据库是不断变化的。

我们虽不能阻止人工智能给我们提供诗作，但我们可以充分发挥它强大的语言功能优势，为我们的诗歌创作提供更多更好的表达方式。

"狼来了"，我们要有与狼共舞的心态，与ChatGPT合作，让它成为我们的创作助手与合作者。

ChatGPT在写作速度与润色方面有一定的优势，这对真正的诗人产生了更高的要求与全新的挑战。

ChatGPT作为一种语言处理的数据库，虽具有一定的写作能力，但永远代替不了我们诗人的个性与个人情感。

我们还必须注重ChatGPT的更新迭代。现在是4代，还会有5代，甚至6代。人工智能的特点就是"智"，开发者一定会在"智"方面下功夫，转型升级。终有一天，它会更智能，可能由人造意识到自我意识转化，甚至在某些方面比人更有记忆力、更有创造性。就像计算机的计算速度已远超过人类一样，就像围棋高手会输给机器人一样。在未来，机器人也许会成为创作队伍的一员，我们可能要做好迎接"机器人诗人"的准备。

在诗歌传播方面，人工智能可能在某些方面起到比人更强大的作用。机器人也能与人类一起朗诵，并且在自动生成朗诵背景音乐视频方面更快、更好。

机器人还有翻译功能，可以运用各种语言翻译人类创作的诗歌作品，将对世界文化的交流传播起到重要作用。

人工智能不仅是我们诗歌创作与传播的巨大挑战，同时也是我们面前极好的机遇，对提高我们的写作与传播能力更有促进作用。

  总之，即使有汽车、飞机、轮船，但人类始终没有放弃徒步。让我们特立独行，在诗歌创作与传播方面既能拥抱人工智能与新媒体技术，也能保持自己独特的情感与个性，为中华与世界文化的繁荣做出贡献！

严春芳

2023 年 6 月 12 日

目录

第一辑　一棵树也渴望和平

战争 ·· 3

和平鸽 ·· 5

柏林墙 ·· 6

远方的苦难 ·· 7

挺住！矿工兄弟们！ ···································· 9

怎敢相信 ··· 11

不该凋谢的花朵 ······································· 13

我们同属一个世界 ····································· 15

我们同在一个地球 ····································· 17

长峰医院的大火 ······································· 18

凌晨的大巴 ··· 19

底线 ··· 21

清明 ··· 22

地球的折腾 ··· 23

我看见的是缕缕青烟 ··································· 24

年轻的妈妈，你没有错 ································· 25

写在"3·21"空难 ······································· 27

黑匣子 ··· 28

幸运 ··· 29

1

第二辑　一条回家的路

一条回家的路	33
冬至与饺子	34
驼背老人	
——记一位清洁工	35
关于八孩母亲（二则）	36
新年，我为你祈祷	37
武汉的红绿灯	38
我送你去医院	39
熬	41
炫耀	42
专家	43
黄牛	44
骗子	45
年关难	46
财神	47
财富	48
鸟窝	49
夜半	51
口罩	52
平安夜	54
灵丹妙药	55
亚当斯与布洛芬	56
"约死群"	57
羊的命运	58
韭菜的命运	59

北方与南方　同下一场雪	60
外滩长草了	61
萧瑟的秋风	62
致一位女诗人	63
有一棵树结出了一颗离奇的果	64

第三辑　一起向未来

一起向未来（歌词改编武大版）	67
樱花之约	70
明天更美好	73
跟我一起飞	
——观挪威雕塑《小鸟与醉人》有感	76
珞珈，我的家	77
机器人	78
真理	79
圈子	80
心海经	82
知了告诉我	83
遇见屈原	84
盲人的故事	86
帆船酒店	87
圆周率	88
回首	89
记忆	90
感悟	92
悟空	93
台阶	94

和解	95
兄弟	96
童心	98
跌落	99
心语	101
陪伴	102
"人"矿	103
跌	104
签名书	105
情人节	107
音乐足球	108
午休时间	109
2022，泉城跨年	111
早安，华欣	113
我听见了您的声音	
——答谢诗	114
我的梦与你的梦	117
我的记忆与你的记忆	119

第四辑 我是大海的一滴水

我是大海的一滴水	123
又见大海	
——致烟台朋友	125
雾海	127
海雾	128
金沙滩	129
月亮湾	130

沙粒
　　——五四青年节有感 ················· 131
浴 ································· 133
有一棵倒在海里的树 ················· 134
没了头颅的石老人 ··················· 136
遇见黄河 ··························· 138
我是一只夜莺 ······················· 139
我是一棵卷心菜 ····················· 141
我是一滴雨 ························· 142
我只是一棵小草 ····················· 144
云 ································· 146
风 ································· 147
日晕 ······························· 148
初雪 ······························· 149
春雪 ······························· 150
响雷 ······························· 151
立春 ······························· 152
伏天 ······························· 153
立秋 ······························· 154
天路 ······························· 155
河与桥 ····························· 156
鱼儿 ······························· 157
日月山 ····························· 158
青海湖 ····························· 159
古石磨 ····························· 160
灵隐寺 ····························· 162
桂花雨 ····························· 163

三叶草	165
向日葵	166
郁金香	167
玉兰花	168
女神树	169
咏枇杷	170
咏银杏	171
咏冬桂	172
珞珈樱	173
花儿还会绽放在春天里	174
雷电之夜	175
朝霞与乌云	176
天空之镜	177
梦里的雾	178
血染的落日	180
今夜的月亮	181
今晚的圆月不会升起	183
遛弯的狗	185
两只河马的爱情	186
动物园里的狮子	187
戈壁滩上的沙尘暴	188
衣架	189
听说,早樱已悄悄绽开	190
登雷峰塔有感	192
登天崮山	193
夜游苏堤	194
游森林公园	195

游西湖有感 ·· 196

第五辑　你是一条河

你是一条河
　　——悼念词作家乔羽 ······························ 199
举行你葬礼也是你的婚礼 ···························· 201
60分贝暖医 ·· 202
耕耘在光明田野上的老黄牛
　　——沉痛哀悼朱和平老医生 ··················· 206
悼念光明使者梅仲明医生 ··························· 207
沉痛哀悼王烁医生 ···································· 209
张静静，你醒醒 ······································· 211
静静，一路好走 ······································· 214
百合花
　　——悼广西援鄂护士梁小霞 ··················· 216
黑夜里，一双晶亮的眼睛
　　——悼胡卫峰医生 ······························ 218
永不凋谢的英雄之花
　　——悼白晓卉大夫 ······························ 220
军哥走了、走了
　　——记一位退伍军人 ··························· 221
痛、痛、痛 ·· 225
清明之荡 ··· 226
外卖小哥 ··· 227
假如我倒下 ·· 229
最美的人 ··· 231
让我多看一眼落日 ···································· 232

今天是你的节日	
——献给女医护人员	234
梦开始的教室	236
一部特别的手机	238
致敬！最可爱的人	
——送给踏上返程的医护人员	240
致敬！以大别山的名义	
——送给援助黄冈的山东医护人员	242
男婴的名字叫抗生	246
永远的蓝蓝	
——沉痛哀悼美籍华人作家张兰女士	247
悼冯天瑜先生	249
悼儿童文学作家、大胡子叔叔董宏猷	250
本色	251
天网	252
民意	253
唐山白衣女孩	254
正义终究来临	256
青春的力量	258
圣诞老人	259
用手行走的穆夫塔	260
告别C罗	262
梅西	263
悼球王贝利——永远的爱	264
母亲的柴火灶	265
母亲的菜园子	267
晶莹的眼睛	269

山海之间

　　——山东工商学院之歌 ·················· 270

武体之歌 ································ 272

向日葵盛开的地方

　　——致武汉理工大学 ···················· 274

梅南山上

　　——致武昌理工学院 ···················· 277

赞武汉大学仲夏艺术节 ······················ 279

献给武大海燕合唱团 ························ 281

观陈谢先生幼虎画有感 ······················ 282

观周翼南老先生《日月山川图》画有感 ········ 283

听黄汉军先生吹箫有感 ······················ 285

谒绍兴鲁迅故居 ···························· 286

谒岳王庙 ·································· 287

第一辑

一棵树也渴望和平

战　争

绝不是柔道场上的摔跤比赛
更不是斗牛场上的疯狂游戏
没有不失家园的厮杀
没有不流血的战争
当导弹在你耳旁飞过
当坦克在你身侧碾压
多少房屋被夷为废墟
多少平民失去无辜的生命
一个有良知的人
一个爱好和平的民族
绝不会鼓吹战争
绝不会歌颂战争的发动者
更不会崇拜好战的人

唯有战争
能使人类清醒
只因不能承受之重
随时可能降临
今天炮声在他国响起
也许明天你我便会成为难民
一只蝴蝶引起风暴

战争摧毁文明
没有谁生存在地球孤岛
只有摒弃战争的杀戮
才有永久的和平

2022 年 2 月 27 日

和平鸽

在鹰与雕之间

有一群洁白的和平鸽

衔着一条条绿色的橄榄枝

在蓝天白云下展翅啼鸣

它们要搭建一座通向和平的桥梁

让苦难的人们重建家园

它们用翅膀扑灭战争的硝烟

和平的桥梁才能铺设得更远

2023 年 2 月 24 日

柏林墙

一堵有形的墙
隔开东西方
国家之痛
民族之伤
倒塌的那一天
民主的洪流势不可挡
拆墙的东德人
像鸟儿一样自由飞翔

世上还有很多无形的墙
禁锢人们的思想
任何防民堵民的栅栏
终究挡不住万众一心的力量

2019 年 11 月 9 日

远方的苦难

当我们在此刻享受阳光的灿烂

远方,冰天雪地之中

无数平民在炮火中逃难

无助的妇女

惊恐的儿童

年迈的老人

还有无辜的宠物

正逃离他们曾经美丽的家园

美丽的家园

遭受了飞机的轰炸

坦克的碾压

导弹的摧残

士兵在流血

平民在伤亡

战争打破和平

战争制造苦难

人类创造了文明

又亲手把文明撕烂

我祈祷硝烟早日散去

我祈祷难民早日重返家园

我祈祷人间永远平安

世界充满温暖

2022 年 3 月 7 日

挺住！矿工兄弟们！

一声爆炸
无情的岩石堵塞井道
600多米深的距离
让你们十几天也没能回自己的家
从井下传上来字条
有十位兄弟还活着
有一位兄弟无生命体征
还有十一位兄弟生死不明

矿工兄弟们
挺住啊
你们的安危牵动举国上下
数百名救援人员马不停蹄
数十台机械夜以继日钻孔清道

在毒气弥漫的烟雾中
空气格外稀少

挺住啊
矿工兄弟们
你们的父母在呼唤

你们的妻儿在煎熬
全国人民在揪心啊
祈愿你们早日升井
平平安安回家过年
一个也不能少

      2021 年 1 月 21 日于三亚

怎敢相信

怎敢相信
一场不明火灾演变为一幕惊天爆炸
怎敢相信
急匆匆灭火队员
瞬间被烈焰熔化
帅气的袁海
年龄还不满十八
执着的尹艳荣
新婚才吻别娇妻
挥别阿爸
无数英雄高举龙头洒水
竟把热血一并抛洒
整列的新车燃烧着
只剩下骨架
成栋的居室强震
落满了玻璃碎渣

多少无辜生命葬身火海
多少幸福梦想毁于刹那

怎敢相信

又不能不信

一片废墟

躺在滨海

无嘴说话

苍天无泪

渤海怒嚎

2015 年 8 月 18 日写于武汉

不该凋谢的花朵

一刹那楼顶坍塌
湮灭了一个个
如花似玉的生命

前一秒还在发球、垫球
奔跑,冲锋
后一秒地动山摇
狼烟笼罩中
最后一个动作
是扣球得分的叫声

前几天的全省中学生比赛
你们赢得了亚军的佳绩
从天而降的水泥板块
粉碎了你们
青春的绚丽之梦
和奋起拼搏的身影

飞来的人祸
无辜的中学生
不该凋谢的花朵

难以承受的生命之轻

此刻落泪的
是遥远的双眼
乌云密布的
是齐齐哈尔的天空
迫不及待的风雨啊
你淋湿了一座
不该伤心的城

      2023 年 7 月 24 日于烟台

我们同属一个世界

如果蓝天能截

如果白云能裁

什么东西我都不稀罕

就只带一片片蓝天和白云回来

如果净水能运

如果空气能买

什么品牌我都不稀罕

就只装些空气和净水回来

如果太阳能抱

如果月亮能揣

什么物品我都不稀罕

就只引太阳和月亮回来

同一个宇宙

同一个地球

同一个太阳

同一个月亮

我们属于同一个世界

蓝天白云
清气净水
我们要富起来，更要环境美起来

我们同在一个地球

地球在转动中发热
海洋集体咳嗽
冰川在熔化
火山在崩裂

今天重复昨天的故事
灾难是我们共同的敌人
彼此同在一个地球
时差是唯一的区别
太阳只能照亮地球的一面
黑夜过后必将迎来黎明

    2020 年 3 月 21 日凌晨作于武汉

长峰医院的大火

在这个春暖花开的日子
一切都似乎充满明媚的阳光
长峰医院的一把大火
烧毁了多少家庭春天的希望

医院本是救死扶伤
谁知竟是火葬场
二十九条生命啊
葬身火海无法躲藏
资本逐利疏于管理
草菅人命丧尽天良

明天和意外不知哪个先到
人身威胁防不胜防

2023 年 4 月 21 日

凌晨的大巴

九月十八日
一个特殊的日子
九月十八日
一辆大巴侧翻的日子
高速坠落的瞬间
二十七条鲜活的生命
消失在凌晨两点的夜色里

浓稠得化不开的夜色
遮蔽了司机的眼眸
也遮蔽了通往明天的路口
星星还在眨巴眼睛
它惊讶地看着山路上
发生的一切
它看着疲惫的司机
穿着厚重的衣服
戴着深色的护目镜
驾驶着那辆同样疲惫的汽车
行驶在黔南的高速上

开往凌晨的大巴

开往天堂的旅途

开往仿佛鲜花灿烂的明天

他们不应该在这辆车上

我们都可能在这辆车上

什么时候

人们开始侥幸地活着

什么时候世界变了它的样子

茫茫的夜色中

荒诞的现实里

一辆辆夜行车

序惯地开在

通往未知的路上

2022 年 9 月 18 日夜

底线

贪欲不遏的人
永无止境地
追求权色、金钱

坚守底线的人
心中充满自信
活着才有尊严

国家的底线
是不侵略别国
不被别国欺凌

做人的底线
是不损人利己
不自欺欺人

超越底线的行径
无异于踩着一根雷管
早晚自毁人生

2023年3月5日

清明

清明清明又清明

风风雨雨祭亲人

纸钱香烛燃未尽，

爆竹烟花响不停。

生生死死随命运，

岁岁年年添新坟。

谁说天荒人不老，

莫把自己当神明。

2023 年 4 月 3 日清明作于汉川

地球的折腾

地球怎么运动
也变不成太阳
地壳怎么折腾
也变不成天穹
一次次发威
强震、余震
震垮的是自己
伤害的是生命

天还是天
地永远是地

2023 年 3 月 9 日

我看见的是缕缕青烟

稻草、木头，甚至煤炭
燃烧，火红一片
你看见的是熊熊烈焰
我看见的是缕缕青烟

青烟浓郁时
也许能遮蔽云天
当狂风骤雨降临
瞬间烟消雾散
太阳冉冉升起
广袤的天空
朵朵白云映入眼帘

2023 年 3 月 26 日

写在"3·21"空难

瞬间,空气被泪水凝固
脆弱如尘的生命
戛然而止的人生
随着无法抵达终点的飞机
在直线坠地引爆的
熊熊烈焰中燃尽

空难与战争
都是惨烈的悲剧
不知明天与意外哪个先来
过好今天
珍惜现在

2022年3月21日

黑匣子

随着飞机直线坠落
猛烈的撞击
撕裂的爆炸
熊熊的烈焰
你依然坚不可破

狭窄的山路
茂密的森林
搜寻者披荆斩棘
夜以继日
刨挖泥土
终于找到了你的下落

黑匣子
你是飞行的记录器
你是真相的还原者
请为逝去的生命
为活着的亲人
破译空难的来龙去脉

写于东航"3·21"空难第二部黑匣子被找到之际

2022年3月27日

幸运

有很多人是幸运的

有很多人是不幸的

被病毒夺走的生命

飞行事故中遇难的人们

战争中流血的平民

还有很多死于非命的人们

他们曾经也很幸运

明天与不幸

不知哪个先来临

愿幸运的灯塔

永远照亮你我的人生

    2022 年 4 月 3 日于清明时节

第二辑 一条回家的路

一条回家的路

一条回家的路
一条漫长的路

还是那个行李箱
还是那副行头

你从星星
徒步走到月球

长长的队伍
不息的河流
流浪在荒凉的夜色中

你们的不幸就是我们的不幸
你们的哀愁就是我们的哀愁
茫茫的路上
挺直你的脊梁
越过坎坎坷坷

2022 年 10 月 30 日

冬至与饺子

今日冬至
我想起了饺子的来历
那是东汉时期
一个大雪纷飞的季节
医圣张仲景行医回乡
见南阳的乡亲们饥寒交迫
冻烂了耳朵
他叫弟子搭起医棚
架起锅灶
将煮熟的羊肉、辣椒与一些驱寒药材剁碎
用面皮包捏成耳朵的形状
煮熟后施舍给乡亲们吃

乡亲们既饱了肚子
也治愈了冻伤
因此千百年来流传至今
在寒冷的冬日
吃上一顿热腾腾的饺子
可以让温暖常驻人间

2021 年 12 月 21 日冬至

驼背老人

——记一位清洁工

我不知您的姓名
也不知您的真实年龄
但我熟悉您那驼着的背影

您是一位老人
我所居住的小区清洁工
从清晨到傍晚
您总是驼着背打扫卫生
炎热的夏天
我看见您在烈日下清扫路面
严寒的冬季
我遇见您在垃圾桶里捡拾废品
您负责的区域
总是清扫得干干净净

每当我看见您勤劳的背影
就想起了我那
为我操劳一生的母亲

2021 年 12 月 29 日于武汉

关于八孩母亲（二则）

权威发布

徐州丰县
关于八孩母亲的通告
四次发布
结论诡异
如此权威发布
给人鸡毛一地

锁链

分明是一条狗链
锁住八孩母亲的脖子
硬说是合法婚姻的男方家庭
防范一个精神病人的暴力倾向
岂止是虐待、非法拘禁
我看到了这类人
挣脱文明
回到了奴隶社会

2022 年 2 月 11 日

新年，我为你祈祷

我没信过佛
也没信过教
新年，我闭上眼睛
双手合十
虔诚地为你祈祷

雾霾总会散去
冰雪也能融消
远离苦难的日子
你迎着和煦的春风
嫣然一笑

静美的生活才刚刚开始
好日子好长好长任你逍遥
把泪水抹掉
我陪你浪迹天涯
嬉戏海角

2019 年 12 月 31 日

武汉的红绿灯

无论是白天
还是夜晚
武汉的红绿灯
独自在路口闪亮

不见昔日的车水马龙
不见等候或通行的车辆
那宽敞而望不到尽头的大街上
只有几个戴着口罩执勤的警察
与寥寥的行人匆匆忙忙
繁华的武汉
顿失往日的喧嚷

异样的寂静
只有红绿灯
在一秒一秒
静悄悄地闪耀

   2020 年 1 月 27 日大年初三作于武汉

我送你去医院

以前都是你给我做早餐
今晨我为你下碗面
再打两个鸡蛋

亲爱的，吃吧
吃饱了好去医院

你还关心我
以后怎么办
谁给我洗衣
谁给我做饭

我说，没关系
一个人生活简单
你很快会回来的
离别的时间应该很短
很短

拿起简单的生活用品
走吧，我开车送你
就当一次出差
就当一次游玩

以前你出门都是自己乘车
可如今城市交通已中断

你说给我添麻烦了
其实这几天
我的泪已流干

从武昌到江汉
上大桥过长江
一路的道好宽
仿佛只有绿灯闪亮

进去吧
你挥挥手
我点点头
此刻我多想
给你一个甜蜜的拥抱

快点好起来吧
我会天天给你祈祷
和你在一起的日子
真好
真好

2020 年 1 月 28 日于武汉

熬

熬过了一个又一个冬天
在生意惨淡中亏损
在就业与失业中揪心
在房贷月供里盘算
在困难折磨下求生存

没有谁比谁更容易
没有谁比谁更超能
只有谁比谁更能熬
熬过长夜就是黎明

无数苦难磨砺着我们
重振信心应对逆境
熬过这个寒冷的冬天
风和日暖的春天必将来临

2022 年 12 月 24 日

炫耀

炽烈的太阳炫耀热量
划空的闪电炫耀光亮
连绵的高山炫耀险峰
无际的大海炫耀波浪

有的人炫耀富贵
有的人炫耀苦难
有的人炫耀后台
有的人炫耀公权

诗人才高八斗专家学贯东西
大千世界无奇不有
炫耀之光绚丽灿烂

2022 年 7 月 27 日

专家

专家如云

有的人为了百姓

有的人明哲保身

有的人睁眼说瞎话

昧着良心

有的人眼睛向上

有的人祸国殃民

为了百姓的人

百姓永远铭记

祸害国家的人

总会得到严惩

我们深信

历史是一面镜子

它能照出每一个专家的灵魂

2022 年 12 月 16 日

黄牛

黄牛本是拉车耕地的好把式
可票贩子也被称"黄牛"
我很佩服黄牛的本事
紧俏的卧铺票他都能搞到手
我本以为互联网实名售票
已经让黄牛销声匿迹无利可图
可黄牛无孔不入
连逝者都不放过

2022 年 12 月 30 日

骗子

形形色色的骗子

说的比唱的好听

用谎言骗取大家的信任

用假象蒙蔽大家的眼睛

千方百计地掩盖真相

不遗余力地掩耳盗铃

干着欺世盗名的勾当

做起伤天害理的事情

骗钱、骗色、骗取权力、忽悠百姓

骗子的胃口永无止境

骗得了一时

骗不了一世

很多骗子虽然目的得逞

但终究总会露出原形

法律与历史将审判他们的言行

2022 年 12 月 30 日

年关难

每到年关
那些欠债的人
面对讨债的电话、语音、短信
一次次
一遍遍
不接不回不理
甚至关机
借钱容易还钱难
一年又一年
年关难不了赖账的人

2022 年 2 月 28 日

财神

虎年初五
全民迎财神
穷人梦想发财
富人还想财源滚滚

如果富人当回财神
在这一天散些家财
天下就少点穷人

其实
仁慈
善良
孝顺
诚信
勤劳
才是我们心中的五路财神

2022 年 2 月 5 日

财富

水面上浮现一摞钞票

我使劲游去追逐

无奈水流太急太深

一个大浪袭来

快到手的财富不知所终

2022 年 3 月 27 日

鸟窝

鸟披着飞翔的羽毛

也需要一个

温暖的鸟巢

做疲惫时的停靠

遮风挡雨

孵育小鸟

大树枝丫的间隙

横竖架满了枝条枯草

那是鸟儿的家

雨淋不进

风吹不掉

就算是老鹰

也不能打扰

我小时候

掏过鸟巢

捡过鸟蛋

捉过小鸟

儿时的过错

至今才悔悟出一个道
我们每个人都是一只鸟
鸟儿的家没了
人又到哪里寻找
安乐的巢

       2023 年 4 月 15 日于烟台

夜半

总睡不着
想那死去的亡灵
那些医生
那些熟知的人
忽然听见窗外传来声音
侧耳倾听
又死一般寂静

有时闭上眼睛
冥冥中晃荡着几个幽灵
梦里还有哭声
追寻去
是一个没有墓碑的坟地
与没有骨灰的空穴

2020 年 3 月 13 日于凌晨

口罩

如今的世界
最珍贵的就是口罩

如果谁送我一只口罩
就像送我一个世界
那么重要

因为有了口罩
病毒不能和我拥抱
这救命的成本微不足道

妈妈用汗水浇灌的棉花
一朵一朵被采摘搂在怀抱

弟弟的工厂开足马力
一丝一缕织进了日夜辛劳

侄儿马不停蹄地运输
与时间、与病毒赛跑

外科口罩、N95 口罩

普通口罩
筑起的安全防线
一条条
一道道

一块钱的普通口罩
有时又比黄金更重要

可是
疫情过后
又有谁记得口罩的功劳
就像秋天的扇子
被人们毫不犹豫地扔掉

那些一拥而上的
口罩行业
有朝一日
将随着疫情的散去
走向萧条

2020 年 3 月 25 日于武汉

平安夜

寒冬腊月
我们也想平平安安地
度过一个美好的夜晚
我们想去酒店吃个圣诞餐
我们想去酒吧一起狂欢
可平安夜里
多少家庭正经历磨难
他们还在痛苦地闯关
煎熬在这冬天的夜晚

平安夜的我们只能祈祷
平安是福
是我们最大的心愿

2022 年 12 月 24 日

灵丹妙药

灵丹妙药
骗了多少老百姓
最好的药是免疫力
最好的治疗是自愈
一位讲真话的专家
说破了一个简单的道理

2022 年 12 月 17 日

亚当斯与布洛芬

有一款药叫布洛芬
减轻了亿万人的病痛
它的发明人
是英国的一位药剂师
亚当斯，一个很普通的人
为了让更多的人吃得起药
他把配方专利无偿公开
降低了全世界药厂的生产成本

一款廉价的药
一款降烧止痛的药
它让我们看到了
一个伟大的灵魂

2023 年 1 月 2 日

"约死群"

同学群

老乡群

各种各样的微信群

还有一个"约死群"

一群忧郁的青年人

迫于各种无奈的生存困境

生不如死

相约悬崖

纵身自尽

留给社会

留给亲人

除了悲痛

还是悲痛

2023 年 4 月 7 日

羊的命运

那只温顺的小绵羊
从小到大被圈养
只有一个任凭宰割无法逃脱的宿命下场

无辜的羊
苦命的羊
绵羊、山羊、驼羊
奉献一身的羊
什么时候改变命运
成为一只天狼

2022 年 12 月 24 日

韭菜的命运

头上总悬着一把把镰刀
那一茬韭菜
长一茬被割一茬
镰刀有的锋利雪亮
有的锈迹斑斑
收割那一茬茬
永不卷刃
韭菜低头被割
是那么心甘情愿
是那么凄凄惨惨
割韭菜的人
从不心疼
从不手软
满载而归
盆满钵满

园子里先长有韭菜
才有割韭菜的人

2022 年 12 月 24 日

北方与南方　同下一场雪

北方与南方
同下一场雪
相约在一个寒冷的夜晚
北方与南方的小年交接

同一个寒冷的冬季
北方的陨落
南方的凋谢

那逝去的一切一切
有多少生命在不舍
随着那片片雪花
飘落在这黑暗的夜

一场覆盖荒野的积雪
化成一滴滴泪水
化成一缕缕思念
化成一只只纷飞的彩蝶

      2023年1月15日南方小年

外滩长草了

黄浦江畔
繁华落尽的外滩
一株株野草
从水泥板的缝隙里冒出来

被泪水湿润的空气
顿失滔滔的江水
不息的人流
在这暮春四月
只有一株株小草在生长
顽强地长出一根根茎
一片片绿色的叶子
用生命讲述一个个
不屈的故事

2022 年 4 月 28 日

萧瑟的秋风

萧瑟的秋风
发抖的云朵
江河在奔腾
江河在诉说

人世间的生活
吞咽着酸甜苦果

不消停的风雨
望不到头的浪涛一波又一波

再长的路还要走
再难的日子也要过

明天的太阳照亮你与我
照亮你与我

2022 年 11 月 4 日

致一位女诗人

在遥远的西宁
有一位女诗人
我常常听到她百灵鸟般的声音
可为什么她的诗这么深沉
为什么她在痛苦呻吟
她说死神已向她逼近
倒计时的生命已在沉沦

她说她的精神已经雪崩
看不见阳光照射进来的屋子
她看见了墙上的影子在晃动
看不见树叶在飘落
她感受到已经立冬
看不见希望在哪里
她绝望的呼声令人动容

女诗人啊
我只能在遥远的地方向你道声珍重
压倒骆驼的从来不是最后一根稻草
坚强的人总有强大的内心
强大的魂灵

2022 年 11 月 7 日于武汉

有一棵树结出了一颗离奇的果

离奇的金鸡山脉
数千人地毯式搜索
那棵树上没结什么果
百日里风吹过雨淋过
那棵树结出了一颗离奇的果
破烂的衣服
掩不住腐烂发臭

缢吊的失踪者
划着一个惊叹号
与一个沉重的问号
你到底遭遇了什么

真相
不能失踪的真相
能否向我们诉说

2023 年 1 月 29 日于泰国

第三辑 一起向未来

一起向未来（歌词改编武大版）

武大，越来越精彩

樱花烂漫，梦里常入心怀

Fly to the sky

珞珈山脉，灵秀永存在

未来充满着期待

豆蔻年华，我们继往开来

Fly to the sky

万丈彩虹，青春永放彩

我们都需要爱

大家把手都牵起来

Together for a shared future

一起来　一起向未来

我们都需要爱

把所有心扉全都敞开

Together for a shared future

一起来　Together　一起向未来

武大，越来越精彩

樱花烂漫，梦里常入心怀

Fly to the sky

自强弘毅，奋发向未来

明天越来越期待

求是拓新，我向祖国表白

Fly to the sky

强国有我，追梦乐开怀

我们都需要爱

大家把手都牵起来

Together for a shared future

一起来　一起向未来

我们都拥有爱

把所有心扉全都敞开

Together for a shared future

一起来　Together　一起向未来

我们都需要爱

大家把手都牵起来

Together for a shared future

一起来，一起向未来

我们都拥有爱

把所有心扉全都敞开

Together for a shared future

一起来　Together　一起向未来

2022 年 6 月 11 日
2022 年 6 月 22 日武大毕业典礼演唱

樱花之约

我是樱花仙子

你是白衣天使

我们

践行承诺

盛情邀请

今天

春暖花开

樱约而至

欢聚珞珈

感恩有你

没有天使的逆行

哪有缤纷的盎然生机

没有医者的大爱

哪有人间的幸福美丽

逝去的那个

苦寒的冬春

一场新冠疫情袭来

也是在我盛开的时候

它却让我们在校园中与外界隔离

度过了历史上

最冷清孤寂的春季

我渴望着阳光的温暖

我等待着命运的奇迹

见证了英雄的付出和勇气

终于拥抱这幸福的时刻

四万白衣执甲逆行出征

风尘仆仆驰援荆楚大地

用生命筑起抗击疫情的钢铁长城

取得了保卫湖北保卫武汉的决定性胜利

我那纯洁的花朵

映衬着你

医者仁心的高贵品质

我那粉红色的花瓣

诉说着你

可歌可泣的英雄事迹

"樱"你而美

我不再默默绽放

我不再孤芳沉寂

"樱"你来赏

校园更加熠熠生辉

生命更加美好绚丽

樱花仙子们张开一张张笑脸

迎接凯旋的白衣战士

伸展出千万条枝杆

簇拥着英雄们驰援的身姿

人间因你而平安健康

大地因我而如画如诗

在仙子和天使相逢的时刻

让春天永驻人间

让花香弥漫大地

阳春三月

我们重逢在这英雄的城市

东湖歌唱

珞珈昂首

樱园起舞

欢迎你

感恩你

谢谢你

谢谢你

英雄的援鄂战士

美丽的圣洁天使

2021 年 3 月 10 日

明天更美好

春去又春回
樱花又盛开
武汉大学
邀请公众
春天云赏樱
展示最美的樱花盛景
让我们携手向未来
让明天更美好

我们忘不了昨日的相伴
我们珍惜这美丽的缘分
我们不曾遥远
我们拥抱着彼此温暖的心灵

旧年的冰雪已经融化
寒冬的雾霾不见了踪影
我看见阳光下的樱花艳丽多姿
我看见疫情后的武汉凤凰涅槃
我们欣赏这百年美丽校园
我们流连在开满樱花的大道
看樱花纤细的枝条

苍翠的躯干
闻樱花馥郁的香气
烂漫的花瓣

每一根伸展的枝条
都刻满了斑驳的记忆
每一朵芬芳馥郁的花瓣
都沐浴着温暖的阳光
一切的困难
都是我们前进的动力
曾经的泪水
让今天笑容更灿烂

每一份幸福都值得我们坚守
每一个希望都值得我们奉献
我们冲锋陷阵
时刻准备战斗
我们执着坚定
建设美好明天
自强弘毅求是拓新
是永远的武大精神
面向未来奋发图强
是我们铮铮的誓言

樱花之约是最美的约会
不忘英雄是最美的风景
花开花谢

春来春去

友爱花开天久地长

感恩树茂四季常青

2022 年 3 月 3 日

跟我一起飞

——观挪威雕塑《小鸟与醉人》有感

在秋风萧瑟
枯水断了河流

请跟我一起飞翔
蔚蓝的天空多么自由

用我们不屈的翅膀
排成大写的人字闪亮宇宙

请跟我一起飞
山河依旧
大地依旧

暴风雨即将到来
飞吧,何惧大难临头
一起飞
发出我们最强的叫吼

2022 年 10 月 23 日于武汉

珞珈，我的家

(武汉大学校园歌曲)

东湖岸边

珞珈山下

那秀丽的樱园

是我的家

是我的家

我爱那一只只蝴蝶飞呀飞

我爱那一缕缕清香飘啊飘

我爱那月光下的樱花艳如霞

我爱那夜色里的珞珈美如画

自强弘毅

我们携手樱花大道

求是拓新

我们耕耘珞珈山下

这是你的路

这是你的家

这是我的路

这是我的家

我们的路

我们的家

2022 年 10 月 28 日

机器人

机器代替了人
人也成了机器
一切都听从指令
一切都按照轨迹
机器渴望思辨的能力
人渴望自由的呼吸

2017 年 10 月 29 日

真理

云雾笼罩着山峰
海水淹没了礁石
打开俄罗斯套娃
一层又一层

谎言重复一千遍
歇斯底里的声音
一百个理由掩盖一个错误
人们更凭信直觉

历史都是尘封的
时间是最好的结果
真理不在无知者口里
也许就在少数明白人的心中

2020 年 6 月 5 日于武汉

圈子

地球绕着太阳转
月亮绕着地球转
太阳绕着银河系的中心转
每一个天体
都有一个圈

每一个圈子
都是社会的成员
家族是最亲的血缘
同学是亲密的伙伴
老乡相见热泪盈眶
战友出生入死患难与共

同一个姓氏源远流长
同一个师门休戚相关

政治同盟有铁杆
三教九流同三观

有的圈子自生自灭
有的圈子蓬勃发展

圈子浸润着千年文化
圈子寄托起众人梦想

一个圈子融入另一个圈子
一个圈子被另一个圈子踢出

一个个圈子
一处处地盘

2023 年 7 月 2 日

心海经

与海为邻白云间，
海风吹拂欲成仙。
终日看海看不厌，
尘世浮华已无念。

2023 年 7 月 28 日于烟台

知了告诉我

原以为蝉只在树林间鸣唱
我住的高楼也响起了阵阵"知了"
蝉爬趴在窗户的玻璃上
我看见它振动的翅膀与六脚

蝉声嘶力竭
告诉我
夏天不仅仅炎热
还有台风、地震、暴雨、洪涝

知了，知了
大自然赋予人类幸福美好
也给人类带来灾难与苦恼
    2023 年 8 月 6 日写于山东平原地震日

遇见屈原

遇见你

是行吟阁前一座雕像

你告诉我

永远的丰碑

矗立在人们的心上

遇见你

是一部《离骚》中的诗句

每一字每一行

你告诉我

路漫漫其修远兮

上下求索两茫茫

遇见你

发出无数个"天问"

满满的忧伤

又谁能回答你

楚国啊

为什么衰亡

遇见你

是在南国的橘园

你赞美深固难迁的橘树

抒发你坚守专一的志向

遇见你

在绝望的汨罗江

波涛汹涌浪花飞扬

那一艘艘龙舟

怎么也打捞不出你的梦想

遇见你

泪千行

哀民生之多艰

哀故国之永殇

诉衷肠

湿衣裳

2022 年 6 月 3 日

盲人的故事

  彼得·勃鲁盖尔是 16 世纪尼德兰地区最伟大的画家之一。《盲人引路》油画，仔细品味，让我们明白一个道理：不能盲从。

——题记

  盲人们寻找光明
  搭背在高岗上蹒跚而行
  互为拐杖
  彼此信任
  看不见周边的乡村树影
  看不见前方的沟壑纵横
  当引路人跌入深渊
  后面的人浑然不觉
  一步一步走向险境

  随行的人中也许还有人蒙着眼睛

2022 年 5 月 25 日

帆船酒店

你是待征的船
还是刚回港湾
在阿拉伯海岸
你始终悬挂着巨大的风帆

你是神针定海
还是海神守望
在阿拉伯世界
你始终独树一帜胸挺头昂

在你这艘巨大的船上
触目皆金典雅辉煌
皇家御寝总统套房
宫廷般的设施帝王式的分享

在你这艘巨大的船上
山珍海味金杯玉觞
饮食云空把盏海洋
极尽人生奢华享受世上风光

这艘船啊
是富人的天堂

2016月3月24日

圆周率

上小学时
老师教我背诵圆周率
3.14159
我以为 π 只有这几个数字
初中高中
才知道圆的周长与直径
比值永远除不尽

如今我们生活在一个"π 时代"
一切的一切
就像一个圆周率

2022 年 10 月 29 日

回首

岁月裁成碎片

如花一样凋零

走过路过也错过

深深浅浅的脚印

恨春光易逝

年华将晚

谁不想再拥有烂漫的青春

河水不肯倒流

光阴荏苒时光匆匆

只见黄昏时分

一抹晚霞

一片闲云

2023 年 4 月 2 日

记忆

有的人执着地记忆
见过的人
经历过的事都能忆起
有的人轻易地忘记
忘记了哭
忘记了笑
忘记了曾经痛苦的过去
甚至忘记了
自己来自何方
又将去往哪里

有的人要
篡改历史的印记
将苦难和伤痕抹去
有的人
让我们选择性记忆
选择性失忆
变成一个个可以塑造的机器

人类漫长的历史
留下了多少传记

真的假的
假的真的
又谁能辨别是非
戳穿顽固而模糊的
面具

历史的车轮滚滚向前
时代的潮流谁能挡住
不忘过去
永远牢记
民族的苦难
我们的艰辛

2022 年 10 月 19 日

感悟

聋人说点的炮不响
盲人说点的灯不亮
瘸子说走的路摇摇晃晃
失去嗅觉的人感受不到菜的味道
没有良心的人不会有恩必报
缺乏脑子的人总被别人嘲笑
耍小聪明的人反被聪明误导
实实在在做人做事无忧无扰

悟空

有那么一朵云
在天空中飘忽不定
有那么一阵风
来无影去无踪
有那么一场雨
雷声大雨点小

有那么一片霞
在天际消失殆尽
有那么一面海
无边无际深不可测
有那么一座山
高耸入云不可攀
有那么一棵树
只开花不结果
有那么一次悟
空亦是满满亦是空

2022 年 6 月 12 日

台阶

人生

就像一级级台阶

有的人一步一步往上爬

有的人跨越式地朝上奔

跌倒了再爬起来

爬到顶峰的人高处不胜寒

上台阶容易下台阶难

一不小心摔得鼻青脸肿

2022 年 5 月 22 日

和解

心中有许多坎
不平的事
不顺心的事
理不清还纠结
眼不见心不烦

世上有活血化瘀之药
可有化解情绪之良方
与社会同流
与朋友言和
与自己和解

2022 年 5 月 25 日

兄弟

兄弟是手足之情
兄弟是血浓于水

兄弟是歃血为盟
兄弟是桃园结义

寒窗苦读的学子
是学兄学弟
曾经生死离别的战友
是难兄难弟

兄弟有志同道合
有分道扬镳
有反目为仇
也有貌合心不合

兄弟阋于墙
外御其侮
兄弟有难
两肋插刀
好兄弟是打断骨头
还连着筋

人生最好的时光

是兄弟一场

活出男人的模样

      2021 年 11 月 26 日

童心

童心
无关年龄

你童年的心房
是否还存放天真的模样
是否还怀揣稚嫩的梦想

流金的岁月
溢彩的时光
孩时旋转的陀螺
是否还能抽得更响
那躲猫猫的游戏
是否还能捉住对方

2022 年 6 月 1 日

跌落

暴雨跌破了云层
洪水跌决了堤口
股市跌停了财运
教父跌下了神坛

没有不落的太阳
没有不落的风筝
没有不落的潮水
没有不落的黄叶

没有不熄灭的火种
没有不熄灭的烟头
没有不熄灭的油灯
没有不熄灭的烈焰

没有不亡的昆虫
没有不亡的植物
没有不亡的猩猩
没有不亡的人物

有涨总有跌

有升总有落

有燃总有灭

有生总有亡

跌落灭亡

逃避不了的下场

      2022 年 11 月 23 日

心语

夜色
删除了晶莹的星星
留下了一轮皎洁的月亮
鲜活的太阳去了西边
照亮了另一个地方
看不透的茫茫宇宙
唯有心中燃烧着一束火焰
那是爱的光芒

2023 年 2 月 14 日

陪伴

我不孤单
有你陪伴
一日三餐
我们一起吃饭

你不孤单
有我陪伴
大好河山
我们一起游览

夕阳西下
晚霞璀璨
生命之花
越开越烂漫

2022 年 11 月 13 日

"人"矿

人也是一座矿
被控制的是自由与思想
巧取豪夺的是金钱
消耗尽的是意志与力量

2023 年 2 月 21 日

跌

人跌跤了
只要没伤到筋骨
爬起来再前行

股市狂跌
如盘崩堤决泻洪水
几声惊叫
几声抽泣

一张拉不回的弓
箭头射偏了目的

可怕的是信心在跌
人心在跌
跌倒在地的人
再也哼不出声音

2022 年 10 月 25 日

签名书

左下角
在扉页上签上自己的名字
左上角
郑重地写上你的名字
请你雅正
请你惠存

一本薄薄的书籍
沉甸甸多少文字
承载着太阳与月亮
舞动着春风与秋色
翻滚着大海汹涌的波涛
流淌着九寨沟的溪流

因你而写
为你而作
我的天空连着你的天空
我的影子重叠着你的影子
架起的桥梁通向你的心路
空旷的山谷回荡着我的声音

一本签名书

雪藏着我对你诚挚的敬意

与深深的期盼

  2022 年 10 月 23 日于武汉南湖蓝海书斋

情人节

玫瑰被窗外的风雨摧残

巧克力也戴上套子

两双泪眼

你望着我

我望着你

苍白的时间

隔开了亲吻

戴着手套的十指

扣在一起

2020 年 2 月 14 日情人节于武汉

音乐足球

绿茵场上
脚下一阵风
旋转的足球
划着优美的韵律
那带网的音符
碰撞出梦幻的节奏

足球的音乐
音乐的足球
唯有醉美的世界杯
不眠不休的夜晚
让我的心在乐曲中超度

2022年11月20日写在卡塔尔世界杯开幕式

午休时间

饭后午休
已是多年习惯
手机调成静音
生怕影响睡眠

醒来查看手机
屏幕上显示好多信息
有来电
有短信
有微信语音
还有 QQ 消息
电子邮件
以及各种公众号推送

有朋友约局
有快递取件
有广告推销
各种各样的信息
琳琅满目
应接不暇

现代社会

智能时代

人生活在信息中

也淹没在信息中

2021 年 11 月 8 日

2022，泉城跨年

  临近新年，人群如潮水般涌进济南泉城广场，只见广场一侧的绿地中心大楼的新年倒计时从60秒开始，到10秒时，大家齐声读秒："十、九、八、七、六、五、四、三、二、一，新年快乐！"我们举着手机，拍摄下了这欢乐的画面。

——题记

带来春的馨香

带来夏的热情

带来秋的缠绵

带来冬的雪花

我们踏着四季的脚步

相聚泉城广场

辞别 2021

迎接 2022

泉水涌出满腔的激情

人流汇成欢乐的海洋

当高耸的绿地中心

倒计时显示新年来临

我们异口同声地大喊

"十、九、八、七、六

五、四、三、二、一
2022！新年快乐！"

放飞梦想的气球
遥望远方的星际
祈盼新的一年

早安，华欣

枕着大海的浪涛
我从沉沉的睡梦中醒来
吹拂着徐徐的海风
我在柔软的沙滩上徘徊

冉冉升起的太阳
色彩斑斓的世界
云朵在晨曦里绽放
海鸥在低空中抒怀

早安，华欣
绚丽多姿的滨海
别了，华欣
水墨丹青的色彩
你温暖如春的气息
永远是我心中的最爱

2023 年 1 月 31 日

我听见了您的声音

——答谢诗

在这秋风萧瑟的季节
我在聆听您的声音
那是何方老师的朗朗诵声
如绿荷滴翠
似浪花翻滚

那是东声老师的声音
如九寨沟的流水潺潺
似悬崖瀑布的一泻千里

我看见天际的丹霞多彩绚丽
丹丽老师的一曲
洪湖水浪打浪的歌声催人奋进

那是大海汹涌的波涛声
那是沙滩的潮汐声
那是浪花亲吻礁石的缠绵
那是大九湖晨雾的缭绕
那是地热喷泉的浓烈
您都读出了其中的味道

您都诵入了其中的情景

天堂里的父亲呀
您可听得见
曾建斌老师朗诵的《一把椅子》
那是我对您永远的深切怀念

家乡的母亲
您可看得见
吴恩多老师朗诵的
那诗中天上的一轮明月
寄托着儿子对您的无限思念

那不是梵音
胜似梵音
樊昕老师朗诵的
《妈妈紧捏着女儿的手》
妈妈的哭喊声
痛彻了
我的心

我听见
专家们用渊博的知识
精辟的文字点评
化石点金
让我们走向诗和远方
走进神圣的文学殿堂

我听见你们的声音

余音袅袅

回荡在我的耳鬓

一台精彩绝伦的表演

一场赏心悦目的视听盛宴

一堂生动有趣的文学评论

谢谢您,谢谢你们

在这秋风萧瑟的季节

我还想再听听

你们的声音

2022 年 10 月 7 日

我的梦与你的梦

世上没有相同的梦
就像没有相同的叶子
没有相同的河流
你有你的梦
我有我的梦

你说的梦不是我的梦
我的梦里
有说不完的呓语
有游荡的秋千
有碰撞的星星
有下坠的月亮

我的梦里
没有疾病的危害
没有无休止的痛苦
没有一而再三的折磨

我的梦
是一颗颗种子
一粒粒稻米

你的梦

是高远的梦

宏大的梦

甜蜜的爱情梦

我的梦

梦不到你的梦

你的梦

要连接我的梦

2022 年 10 月 27 日

我的记忆与你的记忆

我的记忆不同于你的记忆
我记忆的童年
是大哥穿破的衣服
母亲补了又补
我穿了两年
又脱给弟弟

你记忆的童年
背着品牌的书包
更换着数不清的玩具
父母开着豪华的车
轮流接送你上学的朝夕

我记忆的大学
啃着几分钱的馒头
咽着酸菜与萝卜
背着《诗经》《楚辞》《岳阳楼记》

你的大学回忆
是换了一代又一代的电脑
一代一代的智能手机

还有网吧的游戏

我们属于不同的时代
我们属于不同的人群
你向东
我向西
最终我们汇合在同一个去处

2022 年 10 月 30 日

第四辑

我是大海的一滴水

我是大海的一滴水

也许我来自天上云间
也许我来自地下涌泉
也许我来自三江源头
也许我来自深谷桑田

我是汇入大海的一滴水
我是大海微不足道的一个小不点
我因大海而欢快
大海因我而浪涌

每一次的潮汐
都融入我对沙滩的深情缠绵
那一浪盖过的一浪
都是我生命活力的展现

当灿烂的阳光普照海面
一滴滴水辉映着蔚蓝的天
当飓风席卷而来
一滴滴水掀起的巨浪与天际相连

我是大海的一滴水

我与大海同呼吸共呐喊
我自由地徜徉在大海的怀抱
日夜流淌着晶莹剔透的情感

我是大海的一滴水
一滴滴水汇成了大海奇观
大海有多宽
我就在大海的彼岸
大海有多深
我就在大海的深渊

我是大海的一滴水
大海永不枯干
水离不开大海
就像鱼儿离不开水一般
自由自在地流淌
天荒地老
永远永远

2022 年 8 月 4 日于烟台

又见大海

——致烟台朋友

还是那个黄海
还是那片海湾
已不是陈年的那朵朵浪花
跳跃还是那么欣欢

还是那片蔚蓝的天空
与茫茫大海相连
已不是往日的那朵朵白云
飘逸的还是那么悠闲

还是那片银色的海滩
连绵着绿色的海岸
被潮汐洗净的粒粒白沙
堆积起不沉的海床

还是那堆嶙峋的礁石
深情地与崆峒岛守望
任凭汹涌的波涛冲击
从不低头认怂向后退让

还是那座秀丽的海滨城

还是那座隽美的烟台山

还是这些亲朋好友

还是这般义气豪爽

一个恋海的南方人

又见辽阔的大海

又见冉冉升起的红太阳

       2022年8月1日于烟台

雾海

浓浓的雾帐
笼罩了大海
我听见大海的咆哮声
那是万顷波涛汹涌澎湃

白茫茫一片
天没了绚丽的云彩
大海的每一次深深呼吸
那惬意的潮汐自由去来

远方的岛屿与礁石
被弥漫的晨雾隐埋
那坚硬的不屈的身躯
与大海守望永远同在

当一缕缕阳光喷薄而出
一团团迷雾随风散开
大海跳动着欢笑的浪花
蓝天下敞亮着广阔的胸怀

2022 年 8 月 12 日于烟台黄海岸

海雾

老天爷鼓捣了一晚上
给大海笼罩上厚厚的雾帐

茫茫白雾
白雾茫茫

再浓厚的雾
也只能遮蔽一时
逃不脱被驱散的下场

太阳照样升起
大海照样流淌

2023 年 7 月 13 日晨于烟台黄海岸

金沙滩

是大海献给海岸线的一条宽厚的金色纱巾
是潮汐浸润的一张柔软的床铺
是浪花流下的一滴滴晶莹的泪珠
凝固成一粒粒色彩金黄的沙子

连绵的金沙滩
在灿烂的阳光中闪闪发光
飓风吹不动你轻盈的身姿
暴雨冲不垮你结实的体魄
只有深情的浪涛拍打着你细腻的肌肤

美丽的金沙滩
天然的海浴场
你是黄海的骄子
你是烟台的天堂

2022 年 8 月 17 日于烟台

月亮湾

是谁把月亮摘下来了
镶嵌在这黄海岸边
是谁把这温馨的名字
赋予了这滨海港湾

月弦是环抱的山脉
月庞为如镜的海面
和蔼可亲的月亮老人
讲述一个开埠城市的浪漫

温馨的月亮湾
寄托着多少思念
那汹涌澎湃的大海
与茫茫天际相连

天上的月亮有阴晴圆缺
烟台的月亮湾永不变迁
当一轮明月照亮月亮湾
那是最美的天上人间

2022 年 8 月 19 日烟台

沙粒

——五四青年节有感

一粒粒微细的沙子
在阳光下闪闪发光

积沙成滩
拥抱着辽阔的海岸
任凭海浪冲洗
沙滩是潮汐温柔的玩伴

积沙成漠
连成广袤的戈壁滩
当狂风大作的时候
沙尘飞扬蔽日遮天

没有人能把沙粒捏碎
在握紧的拳头中
细软的沙粒逃离隙间

一粒粒微小的沙子
凝聚成土
铺路平坦

凝聚成塔

坚如石磐

一粒粒微细的沙子

尘世间不可或缺的成员

2023 年 5 月 4 日

浴

浪花与白云簇拥
海水与天际相连

我轻轻地漂浮在海湾
我是大海的儿子
任母亲给我冲洗躯干

我静静地仰躺在海滩
我也是一颗沙粒
太阳让我沐浴温暖

我漫步在长长的海岸
我的影子是我的伙伴
任凭海风
把我一缕缕思绪
在沐浴中吹散

2023 年 1 月 30 日于泰国华欣

有一棵倒在海里的树

华欣海滩
有一棵长长的树
倒在海里
不知何年何月
不知何因何故
也无从得知它的名字

任凭风吹浪打
它就倒在那里
来往的行人
从它身下钻来钻去
从没人将之扶起
太阳的暴晒
潮汐的漫湿
倒下的树干依然挺直
青翠碧绿的叶子长满树枝
纵使倒下
头盖从不畏缩下低

表面的根须早已拔起
里层的主根紧紧扎进沙粒

旺盛的生命

从来都是靠自己

不屈的定力

     2023年1月6日于华欣海滩

没了头颅的石老人

2022 年 10 月 3 日凌晨 4 点 10 分，屹立于青岛前海一线 6000 年、高 17 米的自然景观石老人海蚀柱疑遭雷电风雨袭击，头部突然坍塌。

——题记

9 月初，余去青岛，观石老人尚好。

雷电交加的夜晚

狂风暴雨的夜晚

滔天巨浪的夜晚

矗立在青岛前海的石老人

那昂扬不屈的头颅

没了，没了

被残忍的雷电击中

被无情的飓风吹落

被张着血口的海浪吞噬

6000 岁的石老人啊

没有头颅的石老人啊

依然以庞大的身躯

挺立在大海之中

无所畏惧

纵使粉身碎骨

也决不认怂低头

也绝不后退半步

17 米高的石老人呀

石头铸就你坚硬的体魄

任凭海水浸泡

任凭风雨侵蚀

你是海天一柱

你是定海神针

你是我们心中

永不坍塌的巨人

      2022 年 10 月 11 日晨于武汉

遇见黄河

我遇见的黄河
是一条弯弯曲曲的河流
她告诉我
人生没有笔直的路

我遇见的黄河
水与泥沙俱下
她告诉我
世上没有纯净的生活

我遇见的黄河
日夜奔腾不息
她告诉我
唯有奋斗才有成就

我遇见的黄河
自西向东奔向大海
她告诉我
要朝着目标坚定执着

2022 年 5 月 21 日齐河

我是一只夜莺

我是一只夜莺
小小的夜莺
没有窠臼的庇荫
没有生生世世的爱情
困了,找根树枝
做栖卧的床铺
醒了,在夜色中
睁大明亮的眼睛

振动黄昏的翅膀
穿越夜空的寂静
捕捉害人的蚊虫
履行神圣的使命

我是一只夜莺
小小的夜莺
没有鹦鹉学舌的机灵
没有孔雀开屏的鲜亮
没有大鹏翱翔的本领

我是一只夜莺

一只小小的夜莺

听听我

刺破黑夜的鸣叫声

看看我奋不顾身地

全速出击

扑向敌人的身影

2022 年 10 月 19 日夜作于武汉南湖蓝海书斋

我是一棵卷心菜

我是一棵卷心菜

生长出一片片绿色的叶子

密不透风地包裹自己

历经无情的风雨吹打

抵御肆虐的病虫侵蚀

任你随手层层剥开

圆圆油油的外表里

深藏着一颗实实在在的内心

2022 年 4 月 18 日

我是一滴雨

我来自天上云间
在雷电交加的夜晚
或白天
我渴望落入大海
落入自由自在的无际无边

可残忍的风
把我吹向荒芜的高山
我跟着暴发的山洪
流入潺潺的溪滩

我顺着溪流
汇入湖泊
汇入江河
汇入大海
一路高歌

不是每一滴雨都能融入大海
融入大海的每一滴雨都是幸运的
一滴雨只有汇入大海

才能显现巨大的生命力

那一朵朵白色的浪花

那一排排滔天的巨浪

那一波波潮涨潮落

都是雨水在大海的怀抱里

自由欢快的呼吸

2022 年 11 月 23 日

我只是一棵小草

没有森林的背景
没有参天大树的目标
我只是一棵小草
渺小得微不足道

长在田间的小草
无数次被人拔掉
长在山间的小草
无数次被路人踩倒
长在高原的小草
是成群的牛羊的食料
长在海里的小草
漂浮到天涯海角
长在城市的小草
成为绿色的坪道
长在我心中的小草
是我生命的骄傲

狂风吹来
小草不倒
暴雨淋身

小草微笑

烈日暴晒

小草逍遥

冰天雪地

小草乐陶

我只是一棵小草

小得让人轻视忽略

小草有小草的活法

小草有小草的俊俏

绿色是我生命的底色

常青是我生命旺盛的写照

我们只是一棵棵小草

看不见种子的发芽

默默无闻地生长

不动声色地飘摇

长成一片无际的草原

长成野火烧不尽

春风吹又生的模样

小草、小草

一首大自然的童谣

2023 年 3 月 17 日

云

地上看云
一朵朵飞扬
空中看云
层层叠叠
如棉花一般

2022 年 1 月 20 日

风

春天的风

和煦而温暖

夏天的风

炎热而干燥

秋天的风

清凉而爽快

冬天的风

寒冷而刺骨

2022 年 1 月 20 日

日晕

> 今日，武汉上空出现罕见的日晕奇观，日晕是一种大气光学现象，日光穿射云层时，遭遇冰晶的折射或反射形成的圆圈，亦称圆虹。
>
> ——题记

滚烫的太阳
火辣辣的太阳
光芒万丈的太阳
金色的太阳
这是我们心中绚丽的形象

日晕，天苍茫
金光闪闪的日光遭遇冰晶的阻挡
折射成一个圆圆的光圈
遮蔽着太阳的光芒

昏沉沉的太阳
惨淡无光的太阳
被圈住了的太阳
无精打采的太阳
太阳的形象失落千丈

太阳也跟人类一样

2023年5月13日

初雪

越是寒冷的时候

雪花就会不约而来

静静的

听不到它的脚步声

看见它轻飘飘的身影

落在湖里

被水溶化

落在地面

无影无踪

一场初雪

终究抵不过大地的暖气

也从来没有覆盖过江河湖泊

南方不是冰原世界

即使下一场大雪

也总有冰消雪融的时候

    2022 年 1 月 28 日写于武汉初雪

春雪

雪不负所望

赴春天一场约会

比雨水轻盈优雅

比风儿有影有踪

体态曼妙地从天而降

与山巅拥抱

与树梢私语

与河水融合

与麦苗亲吻

倾诉厚厚的相思

在漫天飞舞中抒情

给大地一个虚幻的美梦

世界如雪般纯洁无瑕

2022 年 2 月 7 日武汉大雪

响雷

春日里打几声响雷
我已习以为常
可是夜深人静
它把我从睡梦中惊醒
那拖长的雷声
分明夹杂着哭泣
哗啦啦的雨水
像泪水涟涟

早晨
我看见空荡荡的阳台上
湿漉漉的
地上还有一汪积水

2023 年 4 月 18 日

立春

别指望

立春就立马春暖花开

春天也有料峭的春寒

还会有风雪冰冻的日子

盛开的梅花也会飘落

美丽的樱花开了

也会化作泥土

很多昙花一现的东西

都会在春天里来去匆匆

当我们享受春天温暖的阳光

也能笑着度过绵绵的阴雨

2022 年 2 月 4 日

伏天

伏天
把炽热的火炉搬到大地
风不同意炙烤人间
时不时地摇动凉爽的扇子
雨不赞成干裂泥土
隔三岔五地给万物洒下水滴
云穿着挡光的衣裳
树撑起遮阳的头盖
月亮静静地泻下缕缕清光
只有曾经给我们温暖的太阳
释放浑身的热量
让三伏燃起炽热的炉火

但伏天终究耐不过季节的变换
清凉的金秋不会很远
  2022年7月19日武汉喜降大雨而作

立秋

暑日炎炎盼立秋,
谁知早秋是伏末。
北国南国同悲喜,
东方西方共凉热。

2023年8月8日于烟台

天路

无垠的柴达木盆地
315 国道在沙漠中穿行
突现一段 U 型公路
陡峭如梯通向天庭

太阳给我火一般热情
伸手可触如棉的白云
天上盛满充沛的雨水
处处都是盎然的绿洲

    2022 年 7 月 17 日作于 315 国道

河与桥

江河阻碍了通行
才有桥梁的诞生
从彼岸跨向此岸
缩短了行人的路程

江河流向大地
桥梁悬在半空
江河能冲毁桥梁
桥梁阻止不了河水的奔腾

      2022 年 7 月 21 日

鱼儿

你来自湖区
来自塘堰
你曾经那么自由
时而游入水底
时而浮出水面

任狂风呼啸
任暴雨倾淹
即便雪盖冰封
你仍依水而潜

终究逃不脱被捕捉
被宰杀
被油煎的命运
即使寄养在盆里也一息奄奄

2020 年 3 月 5 日

日月山

唐蕃古道
分界的赤岭
文成公主西行万里
与松赞干布和亲
回首远离的长安
遥望苍茫的西域
那思乡的泪水
流淌在湟源大地
那随风飘洒的泪滴
凝聚了青海湖永远的美丽

我一路追寻銮驾的辙印
搜寻文成公主摔碎的宝镜
在如今的日月山上
我看到了云雾缭绕的日月亭

一镜照日
一镜照月
那千年经幡
可否召回异乡的香魂

2022年7月15日夜于茶卡镇

青海湖

是大海的遗腹子
在青藏高原哭泣
那铁青的脸面
风吹浪打过的泪痕
晴天才有阳光灿烂的笑容
阴雨中你端起咸味的超大容器

一生流浪的日子
奔波劳碌的命运
青海湖
高原之子

古石磨

  武汉市黄陂区胡港湾村头，有一座厚重的古石磨半埋在泥土中。据村民介绍有数百年历史。永旺开心农场的胡丹总经理说，正在建设中的美丽乡村规划拟挖出古石磨，重现其昔日风采。

——题记

  胡港湾村头
  一座古老的石磨
  如蜗牛般蛰伏
  泥土半埋着
  磨与盘分离多少岁月
  阳光下显得异样的孤独与落寞

  曾是两块巨大的石头
  被祖先精雕细琢
  耕牛推动着磨
  踏起绕盘转圈圈的节拍
  吞进的是谷物颗粒
  吐出的是浆液粉末

  古石磨
  你磨走了太阳

磨来了明月
磨出了风风雨雨
把祖辈的日子磨成了生活

古石磨
你躺在泥土里向我们诉说

你碾碎的辛酸往事
你磨出的幸福与快乐

2022 年 6 月 26 日

灵隐寺

飞来峰下灵隐寺
烧香拜佛人如织
世间从无神与主
只是心中无所依

2023 年 4 月 28 日

桂花雨

有一朵花
开在人间
香飘入银色的月光
叶长在圆圆的月亮
根生在那桂子山上

我钟情你
那耀眼的金黄
我留恋你
那青春的芬芳
我渴望你
那迷人的时光
是我一生深情热爱的地方

下一场桂花雨吧
轻拂过我的脸庞
那馥郁的芬芳沁入我的心房
这朵黄黄的小花
轻轻落在她的肩膀
就让秋风把我吹向远方
吹向远方

那馥郁的芬芳沁入我的心房

这朵黄黄的小花

轻轻落在她的肩膀

就让秋风把我吹向远方

有一朵花

开在人间

根生在桂子山上

2022 年 10 月 18 日

三叶草

  近日，去黄陂区参观永旺开心农场，见满梗都长满了三叶草，传说三叶草的花语：一片叶子，代表着祈求。两片叶子，代表着希望，三片叶子，代表着爱情，四片叶子，代表着幸福。而四片叶子，很难找到。

——题记

在一丛丛三叶草中
我寻找第四片叶子
蝴蝶自由地飞来飞去
赏析一朵朵粉白的花
烈日用满腔的热情
去读懂三叶草的花语
夏风用习习的凉意
去摇曳这遍野的生机
奇遇四叶草的传说
幸福之神眷顾我的
梦里

2022 年 6 月 25 日

向日葵

长得像一个太阳
金黄的花瓣镶着
金黄色的皮囊
一生一世
唯靠太阳的光而生长
开着的花朵
总朝着太阳转动的方向
不屑一顾
宇宙间那温柔的明月
那繁星点点的闪亮
当暴风骤雨来临
高傲的向日葵一夜凋尽
落得残枝败叶的下场

2022 年 11 月 17 日

郁金香

一朵朵美丽的郁金香

在阳光明媚中郁郁地盛开

满世界都是粉红

你站在万花丛中

也如花似火地悄悄盛开

我多想摘下一枝

亲手插上你乌亮的发髻

让馨香永远留在你的心里

2022 年 4 月 5 日

玉兰花

如美玉一般高洁
若兰花一样清香
无须绿叶相配
独自斗艳争芳

何惧春寒料峭
躯干挺直向上
纵使风吹花落
拼将韵味飞扬

2023 年 2 月 18 日

女神树

有一棵树
长成一个人
纤细的枝条
是她舞动的手臂
挺拔的躯体
是她健美的身姿
蓝天下
她翩翩起舞
春风中
她满面笑容

女神树
长在山上高处
沐浴着温暖的阳光
承接着雨露滋润
激昂生命因子
永葆活力青春

女神树
长在我心中的一棵圣洁的树

2023 年 3 月 8 日

咏枇杷

又是一年开花季
金钗玉簪云鬓髻
枇杷不知人间苦
犹把清香扑进鼻

2022 年 11 月 25 日

咏银杏

秋去冬又来
绿叶变黄色
满身披金甲
谁解苦与涩

2022 年 12 月 12 日

咏冬桂

寒风彻梅骨
犹闻桂花香
青翠色不改
身直愈坚强

2022 年 12 月 17 日

珞珈樱

东湖畔
珞珈山
最美大学园
一簇簇
一团团
樱花盛开多灿烂
一朵朵
一瓣瓣
落英缤纷好浪漫
不负春天
只把美丽留人间
期待来年
阳春三月更娇艳

珞珈山
东湖畔
最美樱花园
最美樱花园

2023 年 3 月 27 日

花儿还会绽放在春天里

在这个温暖的春天
突来一场暴风雨
将盛开的樱花
打落得一片狼藉

美丽的风景
经不起残暴的袭击
吹落的是花瓣
深植泥土的树干依然挺立

再强劲的暴风雨总会过去
当阳光露出灿烂的笑容
花儿还会绽放在春天里

2022 年 3 月 16 日

雷电之夜

白天还是阳光明媚，入夜，忽电闪雷鸣，风雨交加，有感。

——题记

闪电撕开夜的铁幕
阵阵春雷劈向天穹
暴风雨来得更猛烈些吧
荡涤人间污秽的一切顽凶

2020 年 3 月 21 日

朝霞与乌云

清晨
朝霞拿着太阳的令箭
向东方的黑夜挺进
万道霞光射向哪里
哪里就一片光明

漫长的黑夜岂能甘心
留下它麾下的天兵团团乌云
围堵朝霞
阻止太阳出行

乌云笼罩哪里
哪里就一片阴沉

苍茫的天穹
我看见朝霞布下火阵
燃起熊熊烈焰
狂妄的乌云消失殆尽

一轮红日冉冉升起
晴朗的天空风清气正

2023 年 7 月 15 日于烟台

天空之镜

茶卡盐湖
大海留下来的一面镜子
死死地盯住浩瀚的天空
乌云狂风与暴雨
它视而不见
只要是阳光蓝天白云
它都照拍不误
也不掠过月亮星星

天空之镜
也有双标的选择性

2022 年 7 月 15 日于大绿草原

梦里的雾

一个美梦还没做完

浓浓的雾

铺天袭来

那雪白的云朵已离我而去

那皎洁的月亮被雾遮盖

望不到天边

看不见大海

高山隐去了伟岸的身躯

河流藏住了奔腾的浪排

路在脚下不知通向何处

家在眼前分不清东南西北

高速路口车辆止步

停机坪上飞机停摆

只有高铁

和谐号列车风驰电掣

雾在梦里

梦里雾霭

穹顶之下

已无清风净气

真不想醒来

醒来还是满天雾霾

  2017 年 1 月 5 日于山东境内列车上

血染的落日

我站在湖畔

凝视血染的落日

沉入湖中

消失得无影无踪

太阳明天照样升起

逝去的昨天

化为记忆

再也无法复活

　　　　　　2020 年 2 月 3 日于武汉南湖畔

今夜的月亮

今夜的月亮低悬
悬挂在我的窗前
那一轮如镰的月啊
钩着我的思念

月儿弯弯
划着一条小小的弧线
断在这头
断到那头

弯弯月儿
沾着满满的血丝
滴在这头
滴在那头

星星
隐隐约约
夜空
雾气沉沉
人间
死一般地寂静

弯弯的月儿

没有往日皎洁明亮

没有往日如泻的光芒

我多想牵着月亮走

我多想举杯望明月

对影成三人

我多想看看月宫里嫦娥舒广袖

我多想求求玉兔捣药救苍生

今夜月儿呀

你缺

我也缺

待到你圆时

我也跟着一起团团圆圆

2020 年 1 月 30 日夜于武汉

今晚的圆月不会升起

早上起床
友人们祝我元宵节快乐
忽然想起
今天是个月半大似年的佳节
这个春节过得好慢好慢
也活得好苦好累

武汉的天空阴冷低沉
今晚的圆月不会升起
晶莹的星星也不会闪射

多少家庭骨肉分离
多少家庭阴阳两隔
亲人近在咫尺
也只能
泪眼相视、深情一瞥

团圆已是人间奢望
多想吃年迈的妈妈煮的汤圆
多想跟亲人一起聚餐
多想与月亮对影成三人

望望窗外

树上的鸟儿在欢戏

南湖的水在荡漾

连那片片乌云

也在半空悠悠游荡

你就是一只笼中鸟

我就是一只栏里兽

多想朝天吼一吼

可喉咙发不出一点声音

今晚的月亮不会升起

苍天还在

大地回春

黑暗过后

总有黎明

月亮还会升起

    2020年2月8日正月十五于武汉

遛弯的狗

清晨
黄海岸边
我看见两只遛弯的狗
解除了绳套
在沙滩上缠绵

主人介绍说
公的叫煤球
母的叫雪莲
煤球有火一样的激情
雪莲有花一样的华年

黑色的产自英格兰
花白的产自美利坚

不问雌雄
听听发情的狗惊叫的声音
看看潮水浸漫沙滩的画面

2023 年 7 月 13 日

两只河马的爱情

5月21日在山东齐河欧乐堡动物王国的一方水池里看见两只河马相亲相爱的举动令人羡慕。

——题记

水池里灵动地游着两只河马
一只雄性
一只雌性
一起潜入水里
一起浮出水面
那互咬嘴唇是最亲密的爱情
摇摆着光滑的身躯是最开心的样子

不敢奢求宽阔的湖泊
只要拥有一方水域
就能自由自在地在一起
相亲相爱
永不分离

2022年5月22日于济南

动物园里的狮子

  5月21日在山东齐河欧乐堡动物王国，观赏几只圈养的狮子，拍下它们悠闲的照片与视频，回家后反复观看，感叹狮子的命运，一头头狮子被圈养，驯服后尽失雄狮的威风凛凛。

——题记

一辈子当不了百兽之王
虚张声势的吼叫吓不倒邻居熊猫
被驯服的狮子
一副熊的模样
没有昔日林中猎食的勇猛
尽失山岗间跳跃的嚣张
被圈养的狮子
在游客的赏心悦目中
悠闲地来回游逛
那雄狮的称号永远消亡

2022年5月24日于武汉

戈壁滩上的沙尘暴

昏黄的天空
飞扬着沙粒
你看不见我
我看不见你

风已经疯了
卷起戈壁沙漠的沙尘
遮天盖地

不见春风十里
只见灰黄无际
盼一场大到暴雨
洗涤这大气污迹

沙尘总会散去
待到晴空万里
你挽着我
我挽着你

2021 年 3 月 16 日

衣架

你自始至终挂在那里
披起一件件衣服
晾干是你一生的职责
支撑是你永远的功夫
那一对衣架
就像是默默奉献的父母
一生一世呵护着子女

2022 年 3 月 19 日

听说,早樱已悄悄绽开

听说
梅花在寂寞中凋零
听说
早樱在寂静中绽开

一瓣瓣悄悄地去
一朵朵无声地来

天空中飘来一阵阵清香
春风捎去我浓浓的情爱

冰肌玉骨的梅姐呀
能否缓缓走下春的阶台

争奇斗妍的樱妹呀
能否迟迟敞开你的芳怀

我与春天有个约会
观罢东湖梅园
再漫步珞珈樱海

等待来年

阳春三月

我伴你丛中摇摆

      2020年2月25日于武汉

登雷峰塔有感

登高不见夕照峰

烟雨西湖春意浓

千年多少兴亡事

尽在塔楼建坍中

2023 年 4 月 25 日

登天崮山

天高道远北崮险
当年唐王立峰巅
帅旗凛冽剑锋利
改朝换代又千年

2023 年 8 月 7 日于栖霞天崮山

夜游苏堤

西湖南湖本一体
东坡挥笔两分离
真把西湖当西子
系上腰带筑苏堤

2023 年 4 月 25 日

游森林公园

初冬暖阳游森林
满目幽翠通曲径
半山荷园残碧叶
一田草地余枯根
松风送爽听涛声
菊香扑鼻闻琴音
自由人生最高境
浪漫主义总关情
  2022年11月20日于洪山森林公园

游西湖有感

西湖总比东湖瘦

东湖不如西湖秀

浩瀚东湖碧波涌

灵隽西湖绿水悠

2023 年 4 月 24 日

第五辑

你是一条河

你是一条河

——悼念词作家乔羽

你是一条河
一条波浪宽的大河
流经了九十五年的岁月

你是一片海
一片蓝色的大海
让我们荡起双桨
驶向远方与未来

你是一座山
一座连绵起伏的大山
高高地耸入天际云端

你是一棵树
一棵结满果实的大树
每一串果实都是一串串音符

你是一首歌
一首难忘的歌
无论天涯海角

心中永远都有我的祖国

你是一只蝴蝶
每一次盘旋都充满韵律
从遥远的地方飞来
又飞向遥远的世界

2022 年 6 月 21 日

举行你的葬礼也是你的婚礼

> 2020年2月20日晚上9点50分,武汉市江夏区第一人民医院/协和江南医院呼吸与危重症医学科医生彭银华,因病情恶化,经抢救无效不幸去世。他原定于正月初八举行婚礼,没有发出的请柬还锁在抽屉里。早晨闻此消息,哀痛不已。含泪写此诗,深切悼念彭银华医生。
>
> ——题记

您这么年轻
还没举行婚礼
您已经成为丈夫
只是婚礼没有举行
锁在抽屉里的请柬
再也发不出去
那张结婚照
成为您与妻子
最后的合影

您是一位丈夫
也是一位称职的大夫
更是一位顶天立地的大丈夫

举行你葬礼的那一天
也是你的婚礼

2020年2月21日于武汉

60 分贝暖医

2020 年 3 月 11 日,武汉市中心医院甲状腺乳腺外科主任、主任医师,中国医师奖获得者江学庆因病去世,享年 55 岁。因此,作此诗痛悼江学庆医生。

生前,他被病友与同事称为"60 分贝暖医"。他对病人总是轻声说话,声音控制在 60 分贝之内,给人以最舒服的音量,感受他好听的声音。

春风里
不见您高大的身影
阳光下
不见您忙碌的足迹
病房中
听不见你 60 分贝的声音

再也看不到
再也听不清
您走了走了
徒留背影

我看见
您的女儿江紫妍
追着灵车

痛得难舍难分

我看到
您的同事、朋友
追忆您平凡而伟大的一生

"别了,老江"
那痛彻心扉的悼文

我听见
您无数病友
数说您崇高的医德
掰着指头
一件件,如数家珍

您视病友为亲人
那柔和的"60分贝"
字字句句温暖人心

您那把尖利的手术刀
切下了多少甲状乳腺囊肿
把青春与健康还给病人
挽救了多少年轻的
年老的生命

从美国深造回来
您任职甲乳外科主任

从十几张床位

扩展到两个病区

您全身心扑在病房

一切的一切

为了救治病人

您把时间献给了事业

却没空陪伴您的亲人

来不及多抱抱

您刚满两岁的外孙

您曾那么帅气年轻

篮球场上冲锋陷阵

日日夜夜费心劳神

霜雪染白了您的两鬓

您是那么博才多学

毕业于同济医学院

成为美国贝勒医学院博士后

您用 30 年的时间

书写了最壮丽的人生

您为众人抱薪

却被病魔缠身

您享年只有 55 岁

生命定格在 2020 年 3 月 1 日

凌晨 5 点 32 分

问苍天无语

问大地无声

老江属龙

一条活生生的龙

响当当的名字

叫江学庆

在他的墓碑

要刻上：

中国医师奖获得者

60分贝暖医声音特别好听

2020年3月2日于武汉

耕耘在光明田野上的老黄牛

——沉痛哀悼朱和平老医生

  2020年3月9日上午，武汉市中心医院眼科已退休返聘的主任朱和平医生因病去世。他被同事与患者称为"老黄牛"。

你是眼科医生
倒在和平年代
倒在没有硝烟的战场

您本已退休
一个幸福的晚年
没来得及安享
您是一头老黄牛
继续耕耘在光明的田野上

您守护着别人的眼睛
在手术台成全自己的梦想

我听见所有的同事
为您的离世
一路哭丧

2020年3月9日

悼念光明使者梅仲明医生

武汉市中心医院眼科副主任、主任医师梅仲明医生,因病于 2020 年 3 月 3 日中午 12 时去世,享年 57 岁。生前曾荣获光明使者称号。

——题记

您给无数患者带来光明
却永远闭上了自己的眼睛
那颗慈善的心跳
在波动不舍中戛然骤停

年仅 57 岁
还没到退休享福的年龄
还有多少病友
等您治疗眼部疾病
您的父母妻儿
还在等您团聚
拉拉家常、叙叙旧情

您走了
天堂里又多了一名眼科医生
您是光明的使者

却偏偏在黑夜里前行

天空中布满乌云
雨滴飘落在我的窗棂
那逝去的亡灵
仿佛在夜色里闪动

2020 年 3 月 3 日

沉痛哀悼王烁医生

  2020年3月13日，广东省职业病防治院主管医师在荆州社区进行流调时被一辆急速行驶的面包车从后侧撞倒，全力抢救无效，不幸因公殉职。

——题记

一个漆黑的夜晚
闪烁着鬼火般的路灯
一辆面包车
在马路上疾驶狂奔
您刚刚还在社区进行流调
却没躲过那飙飞的车身

您千里逆行
告别自己的亲人
您捧着薪火而来
温暖荆楚众生

您遭遇了意外车祸
多么惨痛，多么不幸
您只有36岁呀
多么年轻，多么旺盛

您为了湖北人民

献出了宝贵生命

荆江流泪

楚凤哀鸣

您的名字永远闪烁发光

荆楚大地牢记您的恩情

王烁好走

天堂里也是

一位顶天立地的

好医生

      2020年3月14日于武汉

张静静，你醒醒

　　山东第一批援助湖北医疗队员、齐鲁医院呼吸与危重症医学科主管护师张静静，隔离期满拟返家休息时，于5日早上7时突发心搏骤停。目前，医院正在全力组织抢救。

——题记

你太累了
需要闭会儿眼睛
一天一夜的时间
休息好了吗
张静静，你醒醒

你的父母
在呼喊你的乳名
你的孩子
哭喊着要听妈妈的声音
你的丈夫
还在非洲日夜兼程
你的战友
都等你照张合影

静静，你醒醒

让我再看看你那双爱笑的眼睛

让我再听听你那爽朗的笑声

爱笑的人有着幸运的人生

你一定会好起来的

加油吧，静静

你说过

一个都不能少

你已经回到了齐鲁大地

你已经回到了美丽的泉城

还有一会儿

你就要返回家庭

见到你的孩子

见到你的双亲

不能少了你

你的家庭需要你支撑

我们这个队伍要保持完整

忘不了

56个日日夜夜

你为黄冈人民拼过命

在病毒肆虐的日子里

你舍弃小家为大家

大年初一，驰援湖北

向大别山挺进

你为病人测血氧、量体温

你给病人喂药打吊针

端屎端尿

不辞艰辛

汗水湿透了你的防护服

你说那是一股股暖流流遍全身

黄冈清零

病魔战胜

十里春风

送你返程

那一篮煮熟的鸡蛋

是黄冈人的一片深情

大别山在呼唤你

静静，醒醒

黄河在呼唤你

静静，快睁开眼睛

人间四月天

杜鹃花鲜艳

清澈大明湖

喷涌趵突泉

我们在等你

加油吧，静静

可千万别说再见

2020 年 4 月 6 日于武汉

静静，一路好走

  山东大学齐鲁医院呼吸与危重症医学科主管护师张静静，在即将返家休息时，突发心搏骤停，医院组织全院专家力量，动用全部可能手段，全力救治无效，于 2020 年 4 月 6 日 18 时 58 分逝世。

——题记

黄河没能唤醒你
大别山没能唤醒你
你还是走了
静静地走了
走得无声无息

5 岁的孩子失去了妈妈
援非的丈夫失去了妻子
父母失去了一位好女儿
天堂里多了一位好护士

千佛山敲响哀鸣的钟声
趵突泉涌出悲伤的泪滴
齐鲁乡亲难以承受的痛惜
荆楚大地忍不住放声哭泣

你千里迢迢抱薪火而来
用青春书写人生的壮丽

你说过一个都不能少
你已经结束了医学隔离
马上就能见到父母
抱抱孩子
你却撒手而去
魂归故里

你那双爱笑的眼睛多么迷人
你那阵爽朗的笑声多么清晰
被你护理的病友永留那温暖的回忆
我含着泪水捧读你的战斗日记

也许你是太累了
需要静静地躺下休息
天堂里
再也不需要你披甲出击

人间四月天
从清明到谷雨
菏泽的牡丹在低吟
大别山的杜鹃在哭啼
美丽的天使
人民的好护士
张静静
一路好走
愿你安息

2020 年 4 月 6 日

百合花

——悼广西援鄂护士梁小霞

广西援鄂护士梁小霞生于南宁市横州市百合镇一贫困家庭。2020年2月28日因劳累过度晕倒在武汉协和医院病房，3月30日，转至南宁治疗。此后，全力抢救无效，于5月26日不幸逝世。

——题记

百合花开
因纯洁而洁白
因洁白而美丽

百合花
盛开在春天的江城
纯如云
洁如雪

纯洁的百合花
闭合在隔离病房
你生命微弱的气息
牵动着亿万人的心

洁白的百合花

凋落在南国的故土

你是百合花的天使

天使的翅膀永远高飞

      2020 年 5 月 31 日于武汉

黑夜里，一双晶亮的眼睛

——悼胡卫峰医生

2020年6月2日，武汉市中心医院泌尿外科副主任医师胡卫峰不幸离世。生前，因药物治疗，导致面容变黑，虽然救回了生命，但后期终因脑出血而不治。

——题记

当我们熬过寒冬苦春
你却痛苦地离别世界
当我们的城市重启一片生机
你再也看不到太阳的升起
医院里寻不到你繁忙的身影
绿茵场上少了一位踢球健儿
妻子没有了丈夫
两个孩子失去了父亲

你那张变黑的脸
让所有人动容揪心
你那双晶亮的眼睛
如黑夜中闪烁的星星

我为你醒来而高兴

我为你能说话而开心
你已经度过了黑夜
却留下了致命的后遗症

你只有 42 岁呀
不该付出年轻的生命
还有你的几位同事都先你而去
百年的中心医院啊
已是泪水盈盈

    2020 年 6 月 4 日于武汉

永不凋谢的英雄之花

——悼白晓卉大夫

  山东省临床医学检验专家白晓卉于3月20日在工作一线因突发疾病抢救无效去世。白晓卉生前是山东省立医院临床医学检验部副主任，主任技师，研究员，泰山学者青年专家，博士生导师。年仅42岁。

——题记

奔腾的大海

千万朵浪花永不停息

明媚的春天

盛开一朵永不凋谢的花

你是救死扶伤的白衣天使

你是冲锋在前的英雄

你是最美的齐鲁职工

你是艳丽圣洁的玉兰花

威海呜咽

泉城泣泪

你的生命之花短暂消逝

精神之花永不凋谢

2022年3月20日于武汉

军哥走了、走了

——记一位退伍军人

军哥走了
我听见榕姐电话那头的哭喊声
悲催泪奔

2月9日零时15分
军哥呼吸衰竭
永远
永远
闭上了眼睛

军哥有优良的家风传承
祖父辈是陕西中医世家
父辈在杨虎城将军部队做地下工作
1938年，暴露后策反拉活埋他的士兵
一起奔赴延安

解放东北时
爸爸担任四野医院院长
妈妈也是药剂医生
在四平战争中

诞下了军哥
一个健康的男婴

军哥是位天生的艺术家
一口罕见的男高音

1966 年 4 月
中国音乐学院在河南艺考
他获得郑州考区男生组第一名
"文革"的洪流来了
可命运的安排
阻断了他的音乐之梦

六十年后
他独自来到北京
在中国音乐学院门前徘徊
始终没有踏进那扇大门

军哥是位天生运动员
跳伞、田径、乒乓球
无所不能

军哥是一位天生的军旅者
1968 年，一列闷罐火车
载走了洛阳三千新兵
30 年后的 1998 年
现役中只剩下他一人

1976 年氢弹试验

军哥率领一个排的兵力

奔赴新疆马兰爆炸现场

穿着防毒面罩、拿着测试仪器，

采取数据，冲锋在前

若干年后

一排战士

有不少留下后遗症过早殒命

98 抗洪

军哥率领 200 多名学员

到簰竹湾第一线

抢险救灾

固守了 60 多个日日夜夜

他与他的学员

被授予"抗洪英雄"

军哥是个天生的旅游达人

退休后，他自驾

从漠河到海南

从上海到西藏

拉着他的手风琴

享受着快乐人生

军哥也是个活跃分子

是通信学院的乐团指挥

参加了湖北爱乐合唱团

还奉命组建了武汉职工合唱团
他把微笑与歌声献给了别人

军哥走了,痛苦地走了

长歌当哭
命运无常
明天的太阳还会升起

天堂里游荡着
军哥不朽的灵魂
榕姐,我们活着的人
且行且珍惜
且行且珍惜

军哥的名字叫程献文
他的结发妻子叫丁榕影
一位铁路战线上的退休职工

2020 年 2 月 10 日

痛、痛、痛

你病也匆匆
去也匆匆
没有亲人陪伴
没有好友瞻仰遗容

你化为一缕青烟
半盒骨灰是那么沉重
你没能入土为安
魂魄还在飘浮游动

苍天哭泣
长江泪涌

2020 年 3 月 27 日

清明之荡

今天
清明，晴
也许天堂的路太黑暗
太阳为你照亮光明

清明时节
没有雨纷纷
那是因为我们的泪已流尽

三分钟的默哀
浓缩了我们永远的痛吟

2020年4月4日作于武汉

外卖小哥

我不知道你的名字
只晓得你是外卖小哥

你骑着电动车
穿越大街小巷
给市民送吃送喝
2月11日上午十点多
你在武昌最大的南湖社区
遇到母子正搀扶着一位大哥
吃力地走着
你迎上前去二话没说
把病人扶上你的坐骑

搁着我
或别人
绕道走、躲着

你心里想的是帮人带一脚
只有十分钟的路程
你谱写了人生最美的歌

病人去世了
他的妻子满城找你
泪水哭成了河

小哥,
听说你是两个孩子的父亲
一份外卖赚三块多
为了生活你日夜奔波
家里的两个小孩子
还靠你养活

小哥,外卖小哥
好人好报
我送给你一把长命锁

      2020年2月12日于武汉

假如我倒下

假如我倒下
请把我的骨灰
撒入滚滚长江
让我融入一粒粒泥沙
流向我家乡的湖汊
让我看看我可爱的家。

假如我倒下
亲爱的妈妈
我再也不能孝敬您老人家
如果有来生
我还投胎当您伢

假如我倒下
亲爱的老婆
好好活着
您还年轻
当不负韶华

假如我倒下
亲爱的儿呀

好好学习
记住
你有个临危不惧的好爸爸

假如我倒下
倒在治病救人的前线
用生命与热血
燃烧青春、绽放芳华……

      2020年2月16日于武汉

最美的人

您的眼圈
有护目镜烙上的印痕
您的脸庞
布满了爬动的蚯蚓

脱下防护罩的您
让我看见一双晶亮的眼睛
曲线优美的鼻梁
又是那么直挺灵敏

两片薄薄的嘴唇
两排牙齿洁白坚硬

您不需要赞美
您是和平年代
最美的人

2020 年 2 月 27 日于武汉

让我多看一眼落日

    2020年3月5日，武汉大学人民医院东院，20多岁的复旦大学附属中山医院医生刘凯在送病人做完CT回病房途中，特意停下来，让住院一个多月、87岁的病患老人欣赏了一下久违的落日。据悉，老人系某音乐学院教授，爱乐乐团的小提琴手。

——题记

让我多看一眼
久违的夕阳
那灿烂的余晖
也是光芒万丈

不知道躺在病床已多久
年老的我挣扎在死亡线上
病房里也有暖阳
那是白衣天使
护目镜里柔和的目光。

不是每一轮落日
都能升起在明天的地平线上
有晴天也有阴天
还有狂风暴雨

肆虐的洪水与灾殃

让我
让我多看一眼落日
夕阳下的我病入膏肓
恕我无力地挥挥手
再见啊太阳

明天
我还想看看冉冉升起的一轮朝阳
还想拉一拉小提琴
奏一曲夕阳无限好
与爱乐乐团团员们
一起
一起
歌唱

       2020年2月6日

今天是你的节日

——献给女医护人员

也许这是你第一次在外地
过自己的节日
就像这个万家团圆的春节
你在湖北度过一样

一个没有家人陪伴的节日
湖北是你第二故乡
病房就是你的家
你把病人当亲人
你视患者如爹娘

一个没有休息的节日
你与时间赛跑
你用尽浑身力气
把胜利的号角吹响

一个忘我无我的节日
你穿着不透气的防护服装
穿梭在病房
诊断病情、打针喂药
一切的一切

为了患者的身体健康

一个没有亲人相迎的节日
下班了，你疲惫地回到宾馆客房

照照镜子
护目镜、口罩勒出的痕迹
深深地印在你的额头脸庞

一个没有鲜花的节日
却比鲜花艳丽芬芳
一拨拨病友出院回家
你的双颊如花飞扬

"三八"是你的节日
是你们的节日
一个特别的日子
一个特别的地方
一个特别的战场
我要为你们放声歌唱
你们是最美的樱花
在阳春三月里
绚丽绽放
你们是最可爱的黄鹤
在蓝天白云下
展翅飞翔

2020 年 3 月 8 日

梦开始的教室

  2020年2月下旬，武汉高三女学生付巧，身处逆境还在争分夺秒，每天坚持学习准备高考。医护人员为她整理出了一间"临时自习室"，实际上是医护人员药品储存室，取名为"梦开始的教室"。女孩说："为了梦想而战，不会放弃！"这样的女孩让人看到了祖国的希望，唯其艰难，方显勇毅；唯其磨砺，始得玉成！

——题记

妈妈病了
弟弟病了
我也病了

方舱医院
我的又一个家
护士是我的姐姐
给我搭起通向梦想的桥

一间简陋的房
堆积治病的药
一张破旧的桌子
架起一部崭新的电脑
梦开始的教室

载着我冲刺百日后的高考

空中课堂
线上辅导
复习作业
争分夺秒

上大学的梦想
召唤我展翅翔翱

永不轻言放弃
让青春之花艳丽妖娆

我迎着明媚的阳光
向理想的大学奔跑

2020 年 3 月 10 日

一部特别的手机

> 淄博市沂源县人民医院副护士长桑园,在武汉执行诊疗护理任务,发现患者高三学生杨洋(化名)无手机上网课,在当地一时买不到手机,遂即打电话求助山东老家沂源县买了一部手机送给这位高考学生。
>
> ——题记

美丽的桑园副护士长
一双明亮的眼睛
随时关注患者病痛冷暖
时刻洞悉病员情感忧伤

这个孩子你为什么忧郁
原来是没有上网课的手机
孩子是祖国的未来
耽误学习事关重大
天使的本能
被瞬间触动

于是
从网上、从老家寻找购买
最后在千里迢迢的家乡
终于买到了孩子的希望

这不是一部普通的手机
它是"医者仁心"的特别解读
它每一个按键都充满无尽的能量
激励孩子发奋图强

惊喜和感激写在孩子的脸上
迎接高考信心高涨
静待高考过后七月的佳讯
与桑园天使分享

2020 年 3 月 14 日

致敬！最可爱的人

——送给踏上返程的医护人员

没有锣鼓

没有乐队

您来也悄悄

去也悄悄

只有挥手

没有拥抱

你踏上返程

把眼泪抹掉

几十天的征程

你穿着厚重的战袍

援助一个个医院

抢救一个个病号

医院留下您重叠的脚印

病房记录您昼夜的辛劳

你从死神手中夺过一个个病友

让生命回归活力的轨道

治愈者一个个走出医院

你抑不住胜利的微笑

如今您脱下防护服
摘下护目镜
摘下口罩

你还是那么帅气
还是那么俊俏

千万朵樱花为你盛开
千万排浪花为你呼啸
千万江城人永远记住你们的名字
永远牢记
你们的逆行功劳
致敬！最美的人
谢谢了，谢谢了

2020 年 3 月 17 日于武汉

致敬！以大别山的名义

——送给援助黄冈的山东医护人员

从连绵的沂蒙山
到巍峨的大别山
从泉水清澈的大明湖
到晶莹剔透的遗爱湖
从滚滚咆哮的黄河
到奔腾不息的长江

山东大哥
你来了
你搬家式地来了

在黄冈最危急的关口
一批批白衣天使
没来得及告别亲人
踏上千里征程
向大别山挺进

忘不了
您出征前请战书上的鲜红手印
忘不了

您凌晨降落机场立即奔向黄冈的身影
忘不了
你第一时间进驻
还在改造中的大别山区域医疗中心
你已经穿好战袍

收治第一位重症病人
打响保卫黄冈的第一枪
山东老大哥冲锋陷阵

50多个日日夜夜
1000多个小时
你把自己囚禁在密闭的防护服里
不顾疲劳，忘记饥饿
守护在重症监护室
守护在病友身旁
给病人呼吸送氧
给病人打针喂药
与死神争夺每一条脆弱的生命
在没有硝烟的战场
书写医者仁心侠行的光辉篇章

每一张心电图
都连着您的心跳
每一次测氧饱和度
都饱含着您的期盼
每一支体温表

都刻着您的温情

每一瓶吊针

都倾注您的心血

每一副药剂

都煎熬着您的辛勤

每一个小爱心

每一个大拇指

都给病人顽强的力量

当一个个病友转危为安

一个个病友治愈出院

你终于舒了一口气

猖獗的病魔

在强大的天使面前服软投降

山东泰山

黄冈靠山

当你们凯旋

在这个春暖花开的日子

在这个难舍难分的时刻

我给你送上一束花

在血染的战旗下

我流着感激的泪水

轻轻地抱抱你

与你合影

留下永久的记忆

或在你战斗的医院
在你生活的宾馆
我给你提一下行李
我为你开一下车门

或在你途经的街道路口
给你行一个军礼
挥挥手
以大别山的名义
以大江东去的情怀
道一声
谢谢你
再见
英雄的黄冈人民
永远铭记
英雄的山东大哥
大别山革命老区
永远永远
欢迎你

2020年3月19日

男婴的名字叫抗生

除夕夜晚，协和医院
一位产妇
剖宫产下一男婴
重六点二斤

妇科、麻醉科医生
明知危险、奋不顾身
在产妇持续的咳声中
进行近两小时的手术
连头发都被汗水浸湿

婴儿的第一声啼哭
伴着医护人员的笑声
迎来新年的钟声
男孩的名字叫抗生

  2020年2月25日大年初一于武汉

永远的蓝蓝

——沉痛哀悼美籍华人作家张兰女士

美国东部时间 2020 年 3 月 27 日上午 11 点,美籍华人作家张兰女士在纽约遇车祸不幸离世。我万分震惊,十分悲痛。痛哉!哀哉!写此诗纪念。

——题记

你的网名叫蓝蓝
你的真名叫张兰

蓝蓝的天空白白的云
洁白的兰花一瓣瓣

你归去的那天
晴空万里
阳光灿烂

你撒手的地方
迎春花盛开
紫玉兰烂漫

你写的纽约日记

深情的笔墨

把读者内心深深地感染

可如今

永远成了绝版

蓝蓝

永远的蓝蓝

我心中

最美的紫玉兰

2020 年 3 月 28 日

悼冯天瑜先生

天陨泰斗恸江河
瑜碎珞珈满悲歌
千古文章切时弊
不朽风骨为楷模

2023 年 1 月 12 日于泰国

悼儿童文学作家、大胡子叔叔董宏猷

儿童文学作家董宏猷
一个大胡子叔叔
没有熬过寒冷的冬天
倒在了这个料峭的岁末

汉水呜咽
长江泪波

《一百个中国孩子的梦》
《一百个孩子的中国梦》
你梦里都在写儿童文学
你梦里都是孩子
你梦里都是中国

在遥远的天国
我听见你吹着口哨
听见你唱着儿歌

胡子大叔
一路好走

2022 年 12 月 31 日

本色

  2022 年 7 月 19 日，浙江桐乡一名 3 岁女童从 6 楼坠落，银行职员沈东与同事陆晓婷徒手将孩子接住的事迹，感动全网。

——题记

一个幼小的生命
从高楼坠落
透过刺眼的阳光
你们伸出双手
完美地配合
稳稳地接住儿童的身体
接住一个家庭的寄托与快乐

你们说救人是本能
我说这就是英雄本色
人之有难
挺身而出
伸以援手
救人水火
仁者之心
大爱忘我

2022 年 7 月 23 日

天网

  2022年6月10日唐山烧烤店发生暴力殴打女性事件，引发公愤。公安机关已抓获八名犯罪嫌疑人。

——题记

一群流氓
暴打几名女性的视频
唐山以又一种形式的画面
撼动全民的内心
恶势力的残忍
引发全网的愤怒
严惩不贷
除恶务尽
长江黄河发出最强烈的吼声

有一只天网
撒在黑暗的角落
有一把利剑
悬在恶人的头顶
挑战法律底线的行径
终归逃不过法律的责任

2022年6月11日

民意

你终于挺住了
挺到了公平正义的来临
二审法庭认定你是正当防卫
因防卫过当改无期为五年徒刑

你终于挺住了
催债的恶魔被一网打尽
不作为的民警
也受到了政纪党纪处分

这是法治的进步
民意的抗争
沸腾的舆情
纠正了法官的声音

舆论不可违背
民心不可欺凌
人民，只有人民
才能推动法治的车轮前进
　　　　2017年6月23日欣闻于欢案改判而作

唐山白衣女孩

不知你的真实姓名
也不知你的真实年龄
网络称你
是一名不屈的坚强女性

只是一次放松的聚餐
便遭遇了一场被暴打的厄运
你不畏强暴
竭力反抗黑恶势力
宁可玉碎
也不任由他人蹂躏
纵使遍体鳞伤
用柔弱的身躯抵挡拳打脚踢
你被殴倒在地
人的尊严永远屹立

本是青春美好
哪知恐怖降临
哪有岁月静美
罪恶从没有消停
受伤的不仅仅是肉体

心里一辈子抹不去的阴影

人人生来享有平等
法治社会岂容霸凌

唯有公平正义
才有安宁环境

2022 年 6 月 15 日

正义终究来临

十六年前,湖南新晃一中邓世平老师因对豆腐渣工程说不,惨遭包工头杜少平下迷药锤杀,并掩埋尸体于操场下,时任校长黄炳松知情后,四处托人掩盖真相。去年,杜少平一伙因其他涉恶案底被抓,其同伙交代了操场埋尸案。今年12月18日,杀人恶魔杜少平被判死刑。该案真相骇人听闻,怒作此诗。

——题记

  操场上学生们激扬青春
  操场下掩埋着邓世平老师的尸身
  十六个春夏秋冬
  五千八百多个日日夜夜
  不屈的肉身早已化为泥土
  白骨中坚守着不朽的灵魂
  一个敢于向豆腐渣工程说不的监工
  一个正直向上的后勤老师
  在黑恶势力笼罩的新晃
  被杜少平一伙
  迷晕、锤杀了鲜活的生命
  风雨交加的夜晚
  邓世平的尸身
  被推土机埋在操场的土坑

那一天寒冷

那一年冷酷

明明邓老师白天还在办公室下棋

明明警方还提取了墙上的血迹

明明家属提出了很多线索疑问

明明时任校长黄炳松知情

可新晃上上下下

视人命如草芥

人情大于冤情

倘若凶手杜少平无其他案底

假如无扫黑除恶专项斗争

邓世平案又何年何月何日见到光明

从呼格吉勒图冤杀案，到聂树斌冤杀案

六月飞雪

人世间有多少冤魂

正义终究来临

但愿新时代

人神共愤的操场埋尸案悲剧不再发生

权力不再任性

人性不再丧失殆尽

2019 年 12 月 18 日

青春的力量

你高举在空中的
是一只拳头
拳头
是青春的力量在闪亮
笼罩的黑夜
太漫长太漫长
月亮照不到
遥远的地方

一张张青春的脸庞
那是火炬
那是希望

      2022 年 11 月 26 日

圣诞老人

那个笑容可掬的老人
在雪夜里驾着雪橇
给孩子们送来礼物
一个多么善良的形象
一个多么温馨的神话故事
一个西方人纪念耶稣诞生的日子
家人团聚快乐的节日
就像我们春节一样隆重

圣诞给商家带来商机
圣诞给年轻人带来喜悦
多一些祥和的节日
世界就多一些和平

2019 年 12 月 25 日

用手行走的穆夫塔

没有下身的男孩

用双手行走

没有下身的男孩

用双手撑起

自己的星球

写字的手

走路的手

潜水的手

攀岩的手

手是我们人生的支撑

手是丈量命运的尺度

手的力量

来自信念

来自勇敢

来自追求

一双行走的手

感动心灵千万颗

一双行走的手

在世界杯开幕式上用意志写就

最美的形象大使

最有力量的大力士神

在我们心里永留

    2022 年 11 月 20 日

告别 C 罗

望着你那离场的背影

分明听见你痛苦的哭声

上帝也知道

你比谁都想赢

大力士杯在你的心中

无比神圣

人生没有永远的赛场

命运总不会为你敞开绿灯

没有人能阻挡你东山再起

太多的遗憾会陪伴终生

你挥泪告别的是一个时代

也是告别自己的青春

没有谁能让亿万球迷这么心疼

你带给世界的是快乐开心

你那双葡萄一样特别的眼睛

永远闪烁着神奇的精灵

2022 年 12 月 11 日

梅西

当我们隔着夜空
为你喝彩
你从另一个世界
神奇一般地走来
你是伟大的球王
又如此平凡可爱
足球成就了你的人生
大力神杯让你激情澎湃
你足下的旋风
呼啸如海
那舞动的足球
风靡世界

一个人的梦想
一个人的青春情怀
谢谢你,梅西
有了你
世界杯才如此精彩

2022 年 12 月 20 日

悼球王贝利——永远的爱

你为足球而生
为足球而战
三次加冕世界杯冠军
你佩戴球王至尊光环

你向世界传播着爱
你用爱终止战乱
爱比阳光温暖
爱比大海深远
你带着爱微笑地走了
爱是你留给后人的不朽遗产

2022 年 12 月 30 日

母亲的柴火灶

老屋的厨房

有两口灶

旁边的煤气灶

从来没有拧开燃烧

一口柴火灶

一日三餐总是炊烟袅袅

93 岁高龄的母亲

一辈子勤俭节约辛苦操劳

自己种点萝卜白菜

自己拾些木柴稻草

划着火柴

灶膛里升起串串火苗

母亲用锅铲在热腾腾的铁锅里

来回翻炒香喷喷的菜肴

一头银发在炊烟中

在我泪眼中飘呀飘

我最爱吃母亲炒的小炒

我最喜欢柴火锅巴饭香喷喷的味道

我最好那一口柴火煨的糯米鸡汤

我最爱听母亲跟儿女们在灶前唠叨

母亲呀

母亲

日月星辰

岁月不老

因为有您

我们儿孙才能幸福快乐

     2023年6月23日端午节于汉川

母亲的菜园子

我记忆中祖屋的宅基地
早已是半亩菜园
年迈的母亲用枯燥的双手耕耘这片泥土
用辛勤的汗水
把这满园的菜苗浇灌

黄瓜一根根
辣椒一串串
不识字的母亲
在土地上写下了永远的勤劳与苦甘

母亲与菜园为伴
母亲与绿色结缘
也许母亲在寻找父亲的踪迹
那年父亲就栽倒在另一片蚕豆园

我喜欢吃母亲种的菜
母亲亲手摘给我一袋袋
一篮篮
那是母亲对儿子的爱

田园里
我看见母亲弯腰的身躯
与一脸的灿烂

       2023 年 6 月 23 日

晶莹的眼睛

黑袍遮蔽你的全身
面纱罩住你的头部
从顶包到脖颈

薄薄的纱巾
只露出你的一双眼睛
黑色的
蚕蛾般飞扬的睫毛下
你目若秋水剔透晶莹
你凤眼脉脉盈盈纯真
深邃的眼眸
蕴藏着睿智的机灵
凝视的目光
闪烁出执着的爱情
忠诚伴随着你的一生
善良在你心中永存
你的那双眼睛
是夜空中闪烁的一对明灯
你是世界上
圣洁的女神

2016 年 3 月 25 日

山海之间

——山东工商学院之歌

黄海之滨

有一颗明珠绚丽璀璨

凤凰山下

有一座学校叹为奇观

我们年轻的山商

我们美丽的校园

矗立在山海之间

依偎于烟台城关

面向蓝色的大海

背靠青秀的山峦

太阳随你冉冉升起

落霞为你染红天边

你是山海间

奔跑的男子

层峦叠嶂是你挺直的脊梁

翠绿的枝干是你有力的臂膀

你如大山一般峻峭

你如大树一般伟岸

你是山海间

舞动的仙子

万顷碧波是你长长的衣袖

不息的涛声是你热烈的呼唤

你如大海一般深邃

你如海水一般湛蓝

山很静很静

海很宽很宽

绵绵的山峦

长长的海岸

你是山海城市孕育的忠诚赤子

你是莘莘学子

成长的摇篮

山商院

我向你致以大山般崇高的敬意

山商人

我为你发出海浪般的点赞

黄海波涌

凤凰涅槃

山海之间

海山之间

你顶天立地

你立地顶天

立地顶天

2023 年 5 月 12 日于烟台

武体之歌

东湖之滨
闪烁着一盏明亮的马灯
蓝天白云
飞翔着一群矫健的雄鹰
竞技全能
健体强身
武体人激情飞扬青春

竞技全能
健体强身
为我中华更强盛
我们是年轻的武体人
我们是年轻的武体人
强国健民勇担责任
勇担责任
我们是年轻的武体人
我们是年轻的武体人
运动薪火接力传承
接力传承

公勇诚毅

武体人牢记神圣的使命

学思辨行

昂首迈向新的征程

守正创新

开拓奋进

武体人弘扬奥运精神

守正创新

开拓奋进

攀登体育新高峰

我们是年轻的武体人

我们是年轻的武体人

强国健民

勇担责任

我们是年轻的武体人

我们是年轻的武体人

运动薪火

接力传承

2023 年 4 月 21 日

向日葵盛开的地方

——致武汉理工大学

荷兰画家梵高笔下的向日葵
一束束争相怒放
那是生命灿烂的盛装
武汉理工校园里的向日葵
一株株茁壮成长
沐浴着温暖的阳光
那是我们盛开的青春
那是祖国未来的希望

老师是辛勤的园丁
课堂是肥沃的土壤
知识是午后的清风
徐徐播种着春天的理想

那一棵棵茁壮地伫立
那一片片璀璨的金黄
那是我们坚定不移的信仰
让我们的明天
更加美好
更加辉煌

金黄庄重的向日葵

你永远向着太阳开放

太阳把炽热明亮的万丈光芒

洒落到你那纤细的身上

你明静柔美的品格

你执着追求的梦想

你栉风沐雨的等待

你始终如一的志向

夜里，星光陪伴你的孤独

清晨，小鸟安慰你落寞的心房

迎着一缕突破云层的阳光

你更加挺身昂扬

让青春热烈奔放

也许狂风骤雨即将来临

也许乌云会遮蔽太阳

也许花儿凋零飘落

也许葵子

不再芬芳

我们矢志不渝

我们初心不忘

在逆境中挺直腰杆

挺起我们不屈的脊梁

我们要像蜜蜂一样吸吮知识
我们要如花朵一样绽放
在这向日葵盛开的校园
让青春蓬勃向上

让人生谱写精彩的乐章
为实现中华民族伟大复兴梦想

厚德博学
追求卓越
积极进取
奋发图强

2023 年 5 月 27 日

梅南山上

——致武昌理工学院

汤逊湖畔
梅南山上

曲径通幽
楼盘山岗
绿荫掩道
鸟语花香
枫叶红艳
桂香菊黄
花团锦簇
百花齐放

梅南山上
欣欣景象
如诗如画
大美风光

素质教育
走进课堂
通识人才

就业保障
武昌理工
最美校园
衷心祝愿
蒸蒸日上

2022 年 11 月 18 日

赞武汉大学仲夏艺术节

  2022 年 5 月 27 日，我应邀参加武汉大学仲夏艺术节活动，连续观赏了舞蹈、交响乐专场演出，写下了《赞武汉大学仲夏艺术节》，在演出结束时，两位主持人在舞台上倾情朗诵了这首诗。

——题记

仲夏之夜

微风徐徐

珞珈山下

东湖岸边

百年武大

好戏连台

剧目展示

乐舞表演

人文馆内

座无虚席

幕开幕谢

掌声响起

民乐悠扬

民舞翩跹

交响音乐

多彩旋律

激扬青春
抒发内心

丹丽院长
德艺双馨
带领老师
致力美育
德智体美
全面提升
寓美于教
培养新人
学校舞台
推陈出新
学生乐团
充满活力
歌手如云
乐坛比拼
曲艺事业
后继有人

2022年5月28日于武大

献给武大海燕合唱团

  2022年5月29日，观看吴博老师指挥的海燕合唱团演出，夜不能寐，写此诗献给全体团员，祝贺演出圆满成功！

——题记

  一只只雏燕从远方飞来
  珞珈山练就了你们高飞的翅膀
  在猛烈的暴风雨中
  盘旋的旋律优美流畅
  那一声声喃喃细语
  是一首首动听的情歌
  随风飘扬
  在蓝天白云万里晴空
  你们排成一个大写的人字
  展翅翱翔
  在流金岁月的舞台
  把美好的愿景唱响

  一只只海燕飞向远方
  向着大海星辰
  向着太阳升起的地方

2022年5月29日

观陈谢先生幼虎画有感

是虎疑为猫，
眼神苦中笑。
何处觅得食，
笼中哪里跑。

观周翼南老先生《日月山川图》画有感

癸未秋周老六十三岁时,画《日月山川图》两幅送其女周璐姐妹俩。观画并感于今日之江城,写此诗赠周璐女士。

——题记

一轮鲜红的太阳
罩着一轮皎洁的月亮
盘踞在南岸的龟山
俯瞰奔腾不息的长江

日月山川
山川日月
我美丽的江城
我可爱的家乡

山在默哀
川在哭泣
日月无光

待阴霾散去
日月同辉

山川秀朗

一位老人
两位姐妹
笑在大街小巷

2020 年 2 月 22 日

听黄汉军先生吹箫有感

春夏秋冬箫声起

东南西北叶飞扬

高山流水肠欲断

千丝万缕情悠长

    2022 年 10 月 15 日于兰陵会馆

谒绍兴鲁迅故居

先生已死文亦死
生不逢时死过时
假若先生活至今
能否刀丛觅小诗

2023 年 4 月 25 日

谒岳王庙

千古冤案已蒙灰
害死鄂王非秦桧
高宗惧其迎二圣
莫须罪名治岳飞

2023 年 4 月 26 日